書下ろし

脱がせてあげる

橘 真児

祥伝社文庫

目次

第一章　デパートの裏側

1

「さあ、いらっしゃい。こちら、柴栗山《しばぐりやま》村名産の乾燥ゼンマイと蕗味噌《ふきみそ》、キャラブキです。自然林を使った工芸品もありますから、是非ご覧になってください」

自分では声を張りあげてお客を呼んでいるつもりでも、それはすべて周囲の喧噪《けんそう》に溶《と》け込んでいるらしい。誰ひとり振り向いてくれない。

まあ、仮に振り向いてもらえたとしても、商品に興味を持ってもらえるとは思えなかったが。

（ったく、どうしておれがこんなことをしなくちゃいけないんだよ……）

出来島聡志《できじまさとし》は、そっとため息をこぼした。

今さら愚痴《ぐち》っても始まらないけれど、不平を述べずにいられない。もちろん声には出さず、心の中で我が身を嘆《なげ》くのみなのだが。

ここは東京、新宿《しんじゅく》の中心部。全国に名前の知られたデパートの、六階にある催事場である。

月曜日から始まったN県物産展も、五日目の今日が最終日だ。平日開催にもかかわらず、連日かなりの盛況であった。

但《ただ》し、ごく一部を除いては。

参加した市町村が、それぞれのブースに特産品を並べている。ひとが集まりやすいのは、やはり食料品だ。軽食コーナーを設けているところはずっと席が埋《う》まっているし、試食に列ができているところもあった。

聡志の出身地である柴栗山村の売り場にも、食べ物はある。けれど、山菜を加工したものが中心で、かなり地味なのは否《いな》めない。

まあ、四方を山に囲まれ、豊かな自然と温泉が主な観光資源で、あとは農業と林業ぐらいが生活の糧《かて》という小さな村だ。都会の人間の興味を惹《ひ》くような特産品など、そうそうあるわけがない。

しかも、お客は三〜四十代の女性が多かった。売れるのは、家族にも喜んでもらえるような品物である。そうなると、柴栗山村の出品物はますます分が悪い。山菜を好んで食べる家庭など、都会ではあまりないだろう。乾燥ゼンマイなんて、調理の仕方すらわからないのではないか。

どうにか手にとってもらえるものといえば、温泉餅《もち》ぐらいか。温泉饅頭《まんじゅう》ではなく、餅なのだ。

トチの実を混ぜて搗《つ》いた栃《とち》餅で、餡《あん》を包んだ素朴《そぼく》なものだ。試食用に細かく切ったものが置いてある。たまに摘《つま》んでくれるひとがいたけれど、一様に《こんなものか》という顔で首をかしげ、売れるのはごく稀《まれ》だった。

まして、食べ物以外の民芸品となると、ほぼ壊滅状態。何しろ、村の老人会が暇《ひま》に飽《あ》かしてこしらえたそれらは、木の枝や木の実などを接着剤でくっつけ、動物や品物を象《かたど》っただけの、ほとんど学校の工作レベルの品々だったのだから。

(やっぱり、ウチの村は来るべきじゃなかったんだよな)

N県の物産展とはいっても、全市町村が参加しているわけではない。県の観光企画課から、都内で行なわれるPRイベントの計画が示され、地元の観光や物産を売り込みたいと希望する自治体が名乗りをあげたのである。

聡志は村役場の産業振興課に勤めている。肩書きは三十三歳にして係長だ。

とは言え、他には課長と採用二年目の若手職員、それから事務的なことをやってくれる臨時職員がいるだけである。肩書きなどあってないようなもの。途切れることなくやって来る仕事を、課員で手分けして処理する毎日なのだ。

そんなとき、今回のイベントの文書が回ってきた。どうせ参加しないだろうと放っておいたら、村長に課長ともども呼びつけられた。そして、こんなチャンスは滅多にないのだから、村のためにも是非とも参加するよう、企画書作りを命じられたのである。

前村長が高齢のため引退し、その後継者として無投票当選した現村長は就任二年目で、まだ四十代と若い。そのせいか、とにかく実績を作らねばならないと、鼻息を荒《あら》くしているフシがある。良く言えば血気盛んでやる気充分だが、悪く言えば独善的で空気を読まない。

だからこそ、大した特産品も観光資源もないのに、花の都でアピールせよなんて無茶《むちゃ》な命令を下したのだ。

その割を食ったのが聡志である。課長からもお前に任せると押しつけられ、さりとて二年目の若者にやらせるわけにもいかず、時間のない中で企画書をこしらえた。

村内で細々と活動している山菜生産組合や、温泉保養施設を運営する社会福祉協議会、さらには老人クラブにも連絡を取った。どうにか売り物をかき集める算段をつけ、県に企画書を提出したのである。

おそらく、希望する市町村がもっと多かったら、柴栗山村は参加を見合わせるよう県から通達を受けたであろう。ところが、企画書を出したのが予定の数にどんぴしゃりだったそうで、希望がすべて通ることになってしまった。

どうせ無理だとたかをくくっていた聡志は、参加決定の連絡に蒼《あお》ざめた。連絡を取っていた団体に急いで品物を発注し、今度は上京の準備に追われることになった。

イベントの参加に際して、県からもいくらか予算が割り当てられたものの、雀《すずめ》の涙ほどでしかなかった。村の予算も著《いちじる》しく限られている中で、品物を運搬し、売り子も手配しなくてはならない。

とにかく費用を抑えるのが必須の条件ということから、品物は村が所有するワゴン車で聡志が東京まで運び、もうひとりの役場職員と売り子まですることになった。それならガソリン代と、職員の出張旅費だけで済むからだ。

そうやってさんざん苦労させられたのに、ほとんど売れないというのでは、泣きっ面《つら》に蜂《はち》である。

明日からは場所を変え、二日間の予定で観光PRも兼《か》ねたイベントが開催される。土日の休日の上、郷土芸能の発表もある。かなり賑《にぎ》やかなものになりそうだが、おそらくそこでも売れることはないであろう。わざわざ運んできたものを、そのまま持ち帰ることになりそうだ。

結果報告に、どういうことかと不機嫌をあらわにする村長の顔が浮かぶ。だったら自分でやってみろと、聡志は己《おのれ》が想像したことに腹を立てた。

(ったく……だから東京なんて来たくなかったんだよ)

けれどそれは、今回のイベントに関してのみのことではない。東京そのものに、聡志はわだかまりを抱《いだ》いていたのである。

柴栗山村で生まれ育った聡志であるが、村に高校がなかったため、隣の市の県立高校にバスで通った。そこを卒業すると、県庁所在地にある国立大学に進学した。

彼が初めて女性と付き合ったのは、大学時代である。学部は違ったものの同じサークルで、初体験の相手も彼女だ。

一浪していた彼女はひとつ年上で、大学入学前にセックスを経験していた。まごつく年下の恋人をリードして、無事に結合が果たせたのである。

もっとも、聡志はほとんど動かないうちに爆発してしまった。初めてで仕方なかったとは言え、あまり思い出したくない初体験だ。

ともあれ、その子とは本気で付き合っていた。いずれは一緒になりたいと、将来のことも考えていた。

聡志は大学卒業後、地元に戻る決意をしていた。長男ということで、親からも村に帰るよう言われていたのである。

ところが、彼女はそれを知りながら東京に就職先を決め、これで終わりにしましょうという別れの言葉だけを残して上京したのだ。まるで、年下の彼氏との付き合いは大学時代だけと、割り切っていたかのように。

聡志は大いに傷ついた。裏切られたとすら思った。だったらもっと早く別れればよかったじゃないかと腹を立てた。

何しろ彼女は、どこで就活をしたのかさえ打ち明けず、都内の企業から内定をもらったあとも、いずれはN県に戻るような素振《そぶ》りを見せていたのだから。

もしかしたら、独《ひと》りでいることをみっともなく感じて、上京するまでの繋《つな》ぎとして付き合ったのではないか。あるいは、単にセックスの相手だけが欲しかったとか。実際、そのときには彼女のほうから求めることが常だったのだ。

要は弄《もてあそ》ばれたのだと、聡志は決めつけた。故郷の柴栗山村に戻り、役場に勤めだしてからも、ずいぶん長く気持ちが荒《すさ》んでいた。女なんて信用できないと、新たな恋人を見つけようとも思わなかった。

実際、そのまま今日まで、独り身だったわけである。失恋の傷は癒《い》えているものの、かつての恋人を奪《うば》った東京に対するわだかまりは消えていない。イベント参加をごり押しした村長に対する反発はもちろんあったけれど、別の意味で上京したくなかったのだ。

それでも、仕事だからとこうして頑張っている。たとえ報《むく》われないのだとしても。

ところが、そんな意欲を挫《くじ》けさせる要素が、他にもあった。

「ここじゃ売れそうにないな……」

ボソッとつぶやくように言ったのは、すぐ隣でパイプ椅子に腰かけている男である。野《の》元岩雄《もといわお》、四十八歳。柴栗山村役場の、産業振興課課長だ。

つまり、聡志の上司ということになる。

当初は販売スタッフとして、同じ産業振興課の若手が上京することになっていた。ところが間際になって、自分が行くと野元が言い出したのである。

そもそも彼は企画段階から聡志任せで、そんな面倒なことには関わりたくないという態度をあからさまにしていた。それがどういう風の吹き回しで、自《みずか》ら販売スタッフを買って出たのか。

これが課の責任者として、きちんとした成果を上げるために自ら汗を流そうというのなら、聡志も上司の心変わりを歓迎したであろう。しかしながら、野元は必要なこと以外は何もしない、いかにも公務員にいそうなタイプの人間であった。自身の得にもならないことなど背負い込みたくない、年齢が上がれば給与も上がるから、とりあえずクビにならずに勤め上げればいいという、悪く言えば木《こ》っ端《ぱ》役人の典型だ。

普段から無口で、何を考えているのかわからないところがある。クールと言えば聞こえがいいけれど、実際に何も考えていないに違いない。彼の下について三年目の聡志は、最近とみにそう感じるようになっていた。

上京するときも、荷物を積んだワゴン車で聡志と一緒に来たのであるが、一度も運転を代わってくれなかった。おまけに、ねぎらいの言葉ひとつかけてくれない。搬入や商品を並べるのも手伝ってくれず、少しもやる気を示さなかった。

現に今も、パイプ椅子に坐《すわ》って退屈そうにしているだけ。呼び込みをしようともしない。たまに来るお客への対応も、聡志やデパートの店員に任せっきりだ。

(いったい何しに来たんだよ？)

上司に対して不信感が募《つの》る。要は仕事をしたくないから、物見遊山《ものみゆさん》か何かのつもりで上京したのではないか。彼の存在も、聡志のストレスを増大させていた。

それぞれのブースには、デパートの店員も補助としてついていた。主にレジをやってくれるのであるが、柴栗山村の担当になったのは、木元亜希奈《きもとあきな》という二十歳の女の子だ。

一流デパートに店員として採用されるだけあって、愛らしい顔立ちである。ふっくらした頬《ほお》が幼さを感じさせるものの、成人になったばかりでまだ若いのだ。

ここの制服はチェックのベストにグレイのスカートと、シンプルなぶんスタイルの善《よ》し悪《あ》しがかなり目立つ。その点でも彼女は、グラマラスでこそないものの、均整のとれた女性らしい体型だ。そして、肌が白くて綺麗《きれい》である。

聞けば東北の出身で、高校を卒業後に上京したのだという。このデパートに勤めて二年目。仕事ぶりは非常に真面目《まじめ》である。商品や試食の補充に売上のチェックなど、そんなに売れていないのに申し訳ないと恐縮するぐらい、丁寧《ていねい》にやってくれる。

ただ、つい昨日入った新人みたいに、やけにオドオドしている。見知らぬ土地からやって来た人間と組まされ、緊張しているのかと思えば、そういうことではないらしい。

彼女が生まれ育った町は、柴栗山村ほどではないが内陸の田舎《いなか》町だそうだ。そのため、東京という都会そのものに慣れていないようなのである。

休みのときも遊びに出ることはなく、ずっとアパートの部屋にいることが多いのだとか。人混みが苦手で、出勤や帰宅時のラッシュだけでぐったりたりすると、昨日ぐらいになってようやくポツポツと話してくれた。

というより、聡志が聞き出したと言うべきか。

最初に亜希奈と対面したとき、聡志は軽い既視感に囚《とら》われた。彼女とどこかで会ったような気がしたのである。

けれど、そんなことがあるはずもない。少し考えてわかったのは、大学時代に付き合った年上の恋人と、顔立ちがどことなく似ているということであった。そのせいで既視感を覚えたようである。

ただ、性格や人柄はまるっきり異なる。何しろ元カノは、自分からセックスを求めるほどに開《あ》けっ広《ぴろ》げで、積極的な女性であったから。

それに対して、亜希奈はいたっておとなしい。純情そうだし、セックスに関しても奥手であるように思える。他にすることがないから、田舎の子のほうが初体験が早いなんて話もあるけれど。彼女は十中八九バージンではないのか。

ともあれ、そんなふうだから、お客の呼び込みなどとてもできそうにない。まあ、普段だって、一流デパートではそういう売り方はしないはず。特別の催《もよお》しだから、こうして賑やかにやっているのだ。

そういうわけで、販売に関しては聡志が孤軍奮闘《こぐんふんとう》している状況であった。いや、正確にはもうひとりいるのだが。

「きゃふーんっ！」

人間とも動物ともつかない啼《な》き声、というより奇声があがる。近くにいたひとびとが何事かと振り返るなり、ギョッとした顔を見せた。

「こちら、柴栗山村の特産品でーす。みんな買ってね。きゃふーん」

妙に甲高《かんだか》い声でお客を呼ぶのは、全国のあちこちで誕生して話題を呼んでいる、ゆるキャラと呼ばれる着ぐるみのマスコットだ。その名も「しばグリくん」である。

とは言え、柴栗山村が作った公認のキャラクターではない。柴栗山村の出身で、現在はN県の県庁所在地に在住しているイラストレーターが、今回のイベントの情報を得て、手伝わせて欲しいと自ら売り込んできたのだ。それも、着ぐるみの製作から上京の旅費まで、すべて自費でまかなうからと。

時世に合っているし、村の出身者が無償で協力してくれるのならいいのではないか。村長が許可して、そのイラストレーターも参加することになった。

もっとも、村民に諮《はか》ることなく公認のキャラクターにすることは、さすがにしなかった。話を受けたときには、まだデザインも決まっていなかったのである。

その後、短期間で完成させた着ぐるみを目にすれば、村長も黙認などできなかったに違いない。

他の自治体にも、ゆるキャラ同伴で来たところがある。それらはどれも愛らしく、ほのぼのする外見だ。

しかし、しばグリくんはそれらと一線を画《かく》していた。いや、趣を異にしていたと言うべきか。

柴栗山村の村名は、山に柴栗の木が多いことに由来する。

柴栗というのは山野に自生する栗で、実が小さい。もちろん食べられるが、たまに地元の人間が拾うぐらいで、市場に出ることはまずない。当然ながら、村の特産品でもなかった。今回の売り物でも、民芸品の材料に使われているぐらいである。

その柴栗をモチーフにしたというゆるキャラは、大きな栗の胴体に柴犬《しばいぬ》の頭を載《の》せた、かなり珍妙なものであった。もちろん柴栗と柴犬はまったく関係がない。村の出身者なら、そんなことは当然わかりきっているはずだ。

まあ、百歩譲《ゆず》って、柴栗の柴を柴犬にこじつけたユーモアと解釈してもいい。問題なのは、その造形である。

胴体の栗は、いかにも急ごしらえという、布製の簡素なものだ。かたちと色で、どうやら栗であることがわかる。

反面、柴犬の頭がやけにリアルなのだ。どうやら手元にあった出来合いのものを使用したらしい。

これが愛らしくデフォルメされたものなら、まだよかったのだろう。胴体とは違和感ありありで本物っぽいから、そのギャップも怪《あや》しさに拍車をかけていた。遠目では、手足の生えた茶色い三角形の上に、犬の生首が載せてあるように見える。

おまけに、栗から生えている手足が剝《む》き身なのだ。それぞれ肘《ひじ》と膝《ひざ》から先があらわになっているが、人間の肌色そのまま。足元にサンダルを履《は》いているだけのお手軽スタイルであった。

せめてタイツでも穿《は》いたらどうかと、聡志はアドバイスをした。しかし、それでは暑くて耐《た》えられないと、くだんのイラストレーターに反論された。結局、無理をさせて倒れられても困るので、本人の意向を尊重したのである。

けれど、この見るからに珍妙な恰好《かっこう》で、しかも犬を意識したらしい奇声をあげられても、とても客寄せになるとは思えない。たしかに人目こそ引くものの、かえって遠巻きにされているかに見える。これでは逆効果だ。

(本当にプロのイラストレーターなんだろうか?)

地方在住だから、ローカルな仕事しかしていないのではないか。ネットで氏名を検索しても、それらしい仕事の成果は発見できなかった。あくまでも「自称」イラストレーターなのかもしれない。

た。
（ま、このセンスじゃな……）
気味悪そうな視線を浴びるしばグリくんを横目で見て、聡志はやれやれとため息をつい

かぶり物は不気味でも、中に入っているイラストレーター本人は、二十五歳の若い女性である。しかも、顔を出したほうがお客を呼べるに違いない、ひと好きのする美貌《びぼう》の持ち主なのだ。

そして、しばグリ「くん」という名前なのに、手足が見るからに女性なものだから、見た目が余計に生々しい。まだ臑毛《すねげ》や腕毛《うでげ》の生えた男性のほうが、滑稽《こっけい》で面白がられたのではないだろうか。

とにかく、柴栗山村のブースは、聡志以外はやる気のない上司におとなしいデパート店員、それから不気味なゆるキャラと、スタッフ的にも売れる要素がない。これでは残り少ない時間、いくら頑張ったところで成果が上げられないのは目に見えている。

（あとは、明日からのイベントに賭《か》けるしかないか）

だが、野外ということで、客層がさらに若くなる可能性がある。それではますます売れ行きが期待できない。

やり切れなさに苛《さいな》まれたとき、

「よう、どうだい、首尾は？」

横から声をかけられる。見れば、この催事場の主任である秋川勝也《あきかわかつや》が、小馬鹿にしたような笑みを浮かべていた。

「ああ、秋川か。いや、さっぱりだよ」

聡志は正直に答えた。

気の置けない言葉遣いだったのは、彼が柴栗山村の出身で、小学校と中学校で同級生だったからである。このデパートに来て、偶然にも再会を果たしたのだ。顔を合わせたのは、成人式以来になる。

「ま、だろうな」

並べられた売り物を眺《なが》め、秋川があきれたふうに肩をすくめる。準備のときにも彼は展示台を眺め、『これ、本気で売るつもりなのか？』と真顔で訊《たず》ねた。それはフロア主任としての本音であったろう。

（だけど、秋川も変わったよな……）

それほど仲が良かったわけではないけれど、小学校のときも中学校のときも、目立っていたほうではなかった。どちらかと言えばおとなしい性格で、外見にも控《ひか》えめな性格が表れていた。

ところが、大学のときから東京暮らしだという秋川は、今やすっかり垢抜《あか》けていた。山奥の村の出身だなんて、本人が打ち明けない限り誰もわかるまい。

おまけに、かなりの自信家になっているようである。催事場の主任としてバリバリやっているのも、自信があるからだろう。あるいは、仕事がうまくいっていることで強気になったのか。

とにかく、昔とはかなり印象が違っている。外見も性格も含めて。

正直なところ、今の彼は聡志にとって苦手なタイプであった。おそらく、無意識に比較することで自らの田舎者ぶりを思い知らされ、劣等感《れっとう》を覚えるためだ。

「これだとかなり売れ残るだろ。どうするんだ？」

「んー、明日からのイベントに期待するしかないけど」

「そっちはもっと難しいんじゃないか？　人出は増えるだろうけど、こんな地味な商品、見向きもされねえぞ」

ストレートな指摘も事実その通りだと思うから、少しも反論できない。

「まあ、できるだけのことはやってみるよ」

と、消極的な意欲を表明するのが関《せき》の山だった。

そのとき、「きゃふふーン」という奇声が聞こえた。しばグリくんだ。

そちらにチラッと視線を向けた秋川は、やれやれという顔で肩をすくめた。

「ま、あれがいれば、屋外でも人目を引けるかもな。成果は期待できないけど」

それから、気の毒そうに聡志を見る。

「出来島も大変だな。あんなの面倒まで見なくちゃいけないなんて。内憂外患《ないゆうがいかん》というか、四面楚歌《しめんそか》というか」

これも事実そのままだから、否定できない。

「だいたい、人口が減るばっかりで、村の存続そのものが危《あや》ういっていうときに、わざわざ東京まで来て恥《はじ》を晒《さら》さなくてもいいのに」

「しょうがないさ。村長命令なんだから」

「こんなことになるんなら、平成の大合併《がっぺい》のとき、ヘンに意地を張らずに隣の酒津《さかつ》市と合併したほうがよかったんじゃないのか？」

「今さら遅いよ。あのときは、村全体が合併なんてするものかって、意地になってたみたいだし」

力なく返した聡志の肩を、秋川がポンポンと叩《たた》いた。

「ま、とにかく頑張れよ。ああ、木元」

「は、はい」

主任からいきなり名前を呼ばれ、レジのところにいた亜希奈がしゃちほこばる。

「お前もちょっとぐらい声を出して、出来島を助けてやれよ。なんなら、売り場の前で試食を持って、お客に食べてもらうとか」

「はい……」

彼女は力なく返事をし、それから聡志のほうに縋《すが》る眼差《まなざ》しを向けた。その目は《しなくちゃ駄目ですか？》と、赦《ゆる》しを請《こ》うているように見えた。

（いや、必要ないよ）

聡志は心の中で答え、首を小さく横に振った。気弱そうな若い娘に、そんなことができるはずない。仮にやってもらえたとしても、商品が売れるとは思えなかった。

「あ、そう言えば、村に帰るのは明日からのイベントが終わったあとなんだよな？」

「うん、明明後日《しあさって》の予定だけど」

「だったら、一度飲みに行こうぜ。せっかく東京に来たのに遊びもしないで、店員の真似《まね》事だけで終わるのもなんだからさ」

「そうだな……」

「それに、会わせたいひともいるし」

「え？」

「じゃあ、時間が決まったら、携帯に連絡するよ」

「あ、うん……」

「じゃあな」

上機嫌な足取りで去っていく同級生を見送り、聡志は小さなため息をこぼした。

秋川が言ったとおり、東京に来てからどこへも行っていない。ホテルとデパートを往復するばかりで、それが明日からは会場が変わるぐらいだ。

野元は夜になると飲みに出ているようだが、何を考えているのかわからない上司のお相伴《しょうばん》にあずかる気にはなれない。しばグリくんの中のひとは別のホテルだし、付き合う人間がいないことも、聡志を出無精《でぶしょう》にさせていた。夕食は、ホテル近くのラーメン屋か、コンビニで買った弁当で済ませていたのだ。

だから、飲みに誘われたこと自体は嬉《うれ》しいものの、相手が秋川では愉《たの》しめそうにない。なんとなく自慢話ばかり聞かされそうだ。

ただ、会わせたいひとがいるというのが気になる。いったい誰なのか、皆目《かいもく》見当がつかないから余計に。

(他に同級生がいるのかな?)

しかし、それなら勿体《もったい》つけたりせず、名前を言うだろう。だとすれば、有名人か何かなのか。

（ひょっとして、芸能人でも紹介してくれるんだろうか）

一瞬、心がはずみかけたものの、そんなわけがないとすぐに気がつく。いくら東京でバリバリやってるからといって、デパートの催事場主任が芸能人と知り合うものか。田舎者まる出しの発想だなと、自身にあきれ返った。

まあ、連絡が来たら付き合えばいい。広い東京で、かつての同級生に会ったのだ。ここは素直に旧交を温めるべきだろう。

そう考えたところで、

「あの――」

いきなり背後から声をかけられ、ドキッとする。それも、やけにくぐもった声で。

驚いて振り返った聡志は、そこにいたものを目にするなり、今度こそ心臓が止まるかと思った。

「すみません。ちょっと休憩してきます」

そう言って頭を下げたのは、しばグリくんであった。見慣れたつもりでいたが、至近距離で目にするとインパクトが大きい。特にリアルな柴犬の頭が。

「あ、ああ、いいよ。どうぞ――」

しどろもどろに了解すると、しばグリくんがまた頭を下げる。回れ右をすると、従業員専用の出入り口のほうに向かった。さっきまで奇声を発していた疲れが出たのか、いくぶんフラついた足取りで。

(……ったく、驚かせやがって)

聡志は憮然《ぶぜん》とした。好きなように暴れて、好きなときに退場するなんて、まったくいいご身分だ。こっちの苦労も知らないで。マイペースにも程がある。

(ようするに、出身地の村を売名のために利用しているだけなんじゃないのか?)

自作のゆるキャラが有名になり、イベントやテレビ出演、キャラクター商品の販売でかなり儲《もう》けたイラストレーターがいると聞く。その線を狙《ねら》ってるのではないだろうか。

もっとも、あんな奇抜なデザインのものが、一般に浸透するとはとても思えないが。

とにかく、他は頼りにならない。自分が頑張らなければとお客を呼び込もうとしたとき、

「おい、出来島」

今度は上司の野元から声をかけられた。

「はい、何ですか?」

「ここはおれが見てるから、先に昼飯を済ましてこいよ」

特に昼食の時間など設けておらず、昼の休憩は順番にバックヤードか近場で済ませることになっていた。お客が少なくなったころを見計らって。

ただ、これまでは野元のほうから声をかけてくることはなかった。彼はいつもふらっと売り場を離れ、勝手にお昼を食べていたのである。そのあとで、聡志が遠慮がちに休憩を申し出ていたのだ。

売り場を見渡せば、最終日ということもあって来場者は多い。売り子たちは休む間もないほど、お客への対応に追われている。

しかしながら、柴栗山村のブースは、そんな喧噪とは無縁である。それこそ、いつ休んでも戻っても同じことだ。

「では、お言葉に甘えて」

せっかく上司が勧めてくれたのだ。ここは素直に好意を受けよう。

聡志は一礼すると、売り場をあとにした。

2

薄暗いバックヤードは、売り場ほどではないが広々としており、それぞれの市町村の商品が定位置に置かれている。どこも初日と比べて明らかに減っていた。明日からのイベント用に、追加発注をするところもあるのだろう。

(いいなあ……)

それとくらべてウチの村はと考えると、落ち込みそうになる。すべて自分のせいというわけではないものの、もう少し何とかなったのではないか。己の力不足を実感せずにいられない。

(ていうか、やっぱりおれが責《せ》められるんだろうなあ)

望む望まないにかかわらず、今回のことをすべて取り仕切ってきたのだから。

村長は口出しは頻繁《ひんぱん》でも、それに関して責任を負うことはない。逆に、せっかく提案したのにどうして成果が上がらないのかと、役場職員を叱責《しっせき》するのが常であった。

そういうトップを持った場合、損な役回りになるのはいつも下の人間だ。野元が庇《かば》ってくれるとも思えないし、ねちねちと厭味《いやみ》を言われそうな気がする。

そして、その場面がリアルに想像できた。

今からでもどうにかならないかなと、望みの薄いことを考えながらとぼとぼ歩く。昼時なのに、誰もこっちにいないのは、それだけ忙しいからだろう。聡志はますます取り残された気分を味わった。

　バックヤードの奥側には、商品の積まれた大きなかご台車が十台以上も並んでいた。こんなもの、昨日はなかったはずだ。おそらく明日からの催しのために搬入された商品だろう。

（これの販売も、秋川が担当するわけか……）

責任者として頑張っているかつての同級生に、ますます水をあけられたように感じる。

しかも彼は、東京という大都会で結果を出しているのだ。

それに比べて自分はと劣等感を覚えつつ、台車の隙間《すきま》からふと向こう側を覗《のぞ》いたとき、奥に人影が見えた。

（え、誰かいるのか？）

　店員が商品のチェックをしているのか。しかし、すぐにそうではないとわかった。なぜなら、その人物は床に坐り込んでおり、しかも肌があらわだったのだ。

　そして、少しも動いている様子がない。

（まさか、死体!?）

　商品を搬入するどさくさに紛《まぎ》れて、誰かが死体を持ち込んで捨てたのか。田舎なら山にでも遺棄《いき》するのだろうが、都会にはそんな場所がないから、とにかく人目につかない場所を選んだのだとか。

などと、猟奇的な想像が浮かんだものの、一流デパートのバックヤードに死体を捨てるなんてあり得ない。きっとマネキンか何かだろう。

　もっとも、それにしては肌の感じが本物っぽいのだが。

　あれこれ不確かなことばかり考えてもしょうがない。とにかく確認すべきだと、聡志はかご台車同士の距離が離れているところを探し、裏手へ向かった。

　そこは人影のある位置から少し離れていた。妙なことに巻き込まれるのも嫌だから、頭を突き出してそちらを見る。

（え——）

　心臓の鼓動《こどう》が一気に倍近くもはね上がる。かご台車と壁のあいだにいるのは、間違いなく人間の女性だ。彼女は台車にもたれかかるようにして坐り込み、脚を前に投げ出していた。

　それも、ブラとパンティのみの姿で。

　下着もベージュの地味なものだったから、一瞬全裸に見えた。そのため動揺したのであるが、そうではないとわかっても、動悸《どうき》がおとなしくなることはなかった。セクシーな姿であることに変わりはないからだ。

　死体でないことは、腹部が上下していたからわかった。目を閉じており、どうやら眠っているらしい。

こんな場所で昼寝でもしているのか。しかし、下着姿というのが解《げ》せない。顔ははっきり見えないものの、若い女性のようなのだが。

そのとき、彼女の足元に置かれたものに気がついて、すべてを理解する。それは栗の着ぐるみと、柴犬の頭であった。

（なんだ、船戸《ふなと》さんか）

柴栗山村出身のイラストレーター、自作のゆるキャラで同行してくれた船戸梨花《りか》だったのだ。

彼女は二十五歳と、聡志の八歳年下である。聞けば、山側のかなり奥深いところの出身だそうで、同じ村でも接点はほとんどない。

今回のことで梨花が村役場にやって来て、担当者として会ったときのことを思い出す。まったく面識がなかったものだから、柴栗山村の出身だと言われて、『ああ、そうなんですか』ときょとんとしてしまったのだ。

ただ、梨花のほうは以前に会ったことがあると、聡志に告《つ》げた。彼女たちの成人式のときに、会場になった公民館で役場の職員が世話をしてくれて、その中に聡志もいたと言うのである。

そういうイベントでは、部署など関係なく役場職員が駆《か》り出されるのが常である。成人式の手伝いにも、何度か行ったことがあった。

けれど、ほんの四、五年前のことでも、梨花に見覚えはなかった。少子化が進み、昨今では成人式を迎える村出身の若者など、毎年十数人しかいないのであるが。おそらく、業務に忙殺され、出席者の顔などいちいち見ていないからだろう。

ともあれ、フリーのイラストレーターという胡散臭《うさんくさ》い、ほぼ無職に等しい肩書きながら、協力したいという彼女の申し出を受け入れたのは、何かやってくれそうだという期待があったからだ。

役場にやって来たときの梨花は、目をキラキラと輝かせていた。村のために自分の仕事を生かしたい、是非やらせてくださいと頭を下げられ、真剣な意気込みにも胸打たれた。だからこそ上に話を通し、村長の許可も得たのである。これは駄目《だめ》だと思ったら、端《はな》っから門前払いにしていた。

まあ、美貌に惑《まど》わされた部分もあったかもしれないけれど。

それがまさか、あんな奇抜なキャラクターをこしらえてくるとは、思ってもみなかった。ひょっとしたら前衛タイプのイラストレーターなのかと目を疑い、受け入れたことを激しく後悔したのである。

もっとも、本人はやけに自信たっぷりであったが。

今日で五日目になるが、聡志はほとんど梨花を相手にしていなかった。好きにやらせていたというより、関わりを持ちたくなかったのだ。正直、裏切られた気持ちにもなっていたから。

ところが、こうしてあられもない姿を見てしまえば、ひとりの男として関心を抱かずにいられない。出るところの出たからだはプロポーションもなかなかで、離れたところからではなく、間近で観察したくなる。

（でも、かなり疲れたんだな……）

こんなところで下着姿のまま、寝入ってしまうぐらいに。

着ぐるみに入って動き回るのは、なかなか大変だという話を聞いたことがある。暑くて蒸れるし、体力をかなり消耗《しょうもう》するらしい。

しばグリくんの場合、手足が出ているからいくぶんマシなのかもしれない。それでも、暑いのは変わらないと見える。現に、若い梨花がこうして肌をあらわにし、ぐったりしているぐらいなのだから。

キャラクターの見た目に難はあるものの、彼女が頑張っているのは間違いない。もう少しいたわるか、努力を褒《ほ》めるべきなのだろうか。

そんなことを思いながらも、ついつい魅惑《みわく》のボディに見とれてしまう。

こんなにいいからだをしているのなら、柴栗の胴体を省略してもいいのではないか。そうすれば、もっとお客が集まるに違いない。まあ、寄ってくるのは男性ばかりになってしまうが。

もっとも、このからだに頭が柴犬では、より前衛的な外見になってしまうのは否めない。というより、着ぐるみが必要ないのなら、下着姿になる必要はないわけだ。彼女は暑いから、こういう恰好をしているのである。

ままならないものだとため息をついたところで、ようやく自分が最低な行為をしていることに気がつく。成果はともかく、せっかく協力してくれた村の出身者が疲れて休んでいるのに、あられもない姿をこっそり覗くなんて。

(まったく、おれってやつは)

自己嫌悪にも囚われ、その場から離れようとしたとき、

「ン……」

梨花の切なげな声が聞こえたものだから、心臓が止まりそうになった。

(え?)

何事かとそちらを見たものの、彼女はさっきと同じ姿勢で、台車に背中をあずけてい

る。どうやら夢でも見て、寝言を発したらしい。

驚かせやがってと胸を撫《な》で下ろしたのは、覗き見をしていた後ろめたさの裏返しであったろう。ともあれ、何事もなかったようで、改めて立ち去ろうとした聡志であったが、美人イラストレーターの手の位置を見て驚愕《きょうがく》した。

なんと、右手が太腿《ふともも》の付け根に忍ばされていたのだ。

（え、最初からあそこに手があったっけ？）

そうだとすれば、すぐに気がついたはずだ。何しろ下着姿なのだから、ひと目見て自慰《じい》に耽《ふけ》っていると判断しただろう。

というより、彼女はいったい何をしているのか。

股間の手は、かすかに動いているようだ。しかし、快感を得るためというほど、派手なものではない。ムズムズするから掻《か》いていると、そんなふうにも見える。

ただ、ずっと目を閉じているし、半開きの唇からは規則正しい息が洩《も》れているようだ。やはり眠っているのではないか。

ということは、あれは無意識か寝ぼけての動作ということになる。

（単に痒《かゆ》いだけなんじゃないか？）

もっとも、ポーズがポーズだけに、淫《みだ》らな妄想を禁じ得ない。ただの寝息すら、エロチックな喘《あえ》ぎに感じられる。

「あ――」

また声が聞こえた。今度はさっきよりもはっきりしており、いっそう艶《つや》めきを帯びているものだ。

(もしかしたら、起きてるのかもしれない)

手の動きも、いよいよオナニーっぽくなっている。ビキニラインではなく、中心部をまさぐっているようだ。仮に寝ているのだとしても、きっといやらしい夢を見ているに違いない。

聡志はいつの間にか勃起していた。ズボンの上から股間の隆起を握《にぎ》れば、快《こころよ》さがじんわりと広がる。

「く……」

危うく洩れそうになった声をどうにか抑える。膝が笑ってよろけそうになり、咄嗟《とっさ》に目の前のかご台車に摑《つか》まった。

ギシッ――。

鉄製の格子が軋《きし》む。それも、かなり大きく。

(しまった!)

梨花に気づかれる。聡志は急いで身を隠した。

しかし、息をひそめて耳をそばだてても、彼女がいるほうからは何も聞こえてこなかった。動く気配もない。

（おかしいな……）

恐る恐る顔を突き出し、様子を窺《うかが》う。すると、下着姿の美女はさっきと同じポーズのまま、相変わらず目を閉じていた。

（なんだ、やっぱり寝てるんじゃないか）

起きていたなら、さっきの音が聞こえたはずである。それに反応しなかったということは、明らかに眠っているわけだ。

今はもう、手も動いていない。あれは眠ったままの無意識の動作で、特にエロチックな意味などなかったようである。

（なんだ、おれの考えすぎか）

女っ気のない生活が長いから、中高生の男子みたいに、いやらしい想像をしてしまうのかもしれない。想像というより妄想か。

とにかく、いつまでも覗き見などしているから、妙な勘違いをするのだ。ここは早々に立ち去るべきである。

聡志は今度こそ、その場を離れた。心の内で梨花に謝りながら。

バックヤードを抜け、従業員用エレベータの前まで行くあいだ、聡志は考えた。

(さて、お昼はどうしようか)

コンビニで何か買ってきて、バックヤードで済まそうか。それとも、近くの店で食べようか。

(だけど、今の時間だと店が混んでるかもしれないな)

ひとの多い店に入るのも、待たされるのも好きではない。まして列に並ぶのなど論外だ。田舎の人間だからというより、もともとそういうことが苦手なのである。

そうすると、やっぱりコンビニかなと決めかけたとき、妙な声が聞こえた。やけに色っぽい響きの、明らかに女性のものだ。

(え？)

エレベータの前で周囲を見回す。しかし、どこにも女性の姿などない。

(……空耳かな？)

下着姿のセクシーな娘を覗き見したせいで、ありもしない声を聞いた気になったのか。

まだ淫らな想像の余韻《よいん》が残っているのかなと、念のためズボンの上からペニスに触れてみたが、そこはすでにおとなしくなっていた。

商品が売れないストレスで耳鳴りを起こし、それが変なふうに聞こえたのかもしれない。きっとそうだなとひとりうなずき、エレベータのボタンを押そうとしたところで、

「いやぁ」

今度ははっきりと聞こえた。空耳ではない。

（え、なんだ⁉）

いったいどこからと、もう一度あたりを見回して、やっと気がつく。エレベータの脇に非常口のドアがあり、その向こうから聞こえたのだ。

（誰かいるのか？）

ドアを開けると階段だ。しかし、エレベータがあるのに、わざわざそっちを使う者などそういまい。

聡志は一度だけ、仕事終わりにエレベータ待ちのひとが多い場面に出くわし、だったらと階段で下りたことがあった。そのときも、一階まで誰にも会わなかった。

まして、今は店内が忙しい時間帯である。バックヤードにも従業員の姿はなかったし、階段を使う者も皆無だろう。

ということは、密《ひそ》かに逢い引きをするにはもってこいの場所とも言える。

（じゃあ、付き合ってる従業員同士が、こっそり会ってるとか……）

聞こえたのは女性の声だが、ひとりでいるとは考えにくい。きっと男と一緒なのだ。そう考えるなり、

「だ、ダメ――」

階段のほうから、また女の声がする。それも、かなりなまめかしい響きのものが。大きな声を出しているわけではなさそうだが、地下から最上階までの、縦に長い密閉された空間に反響するのだろう。

いったい誰がどんなことをやっているのか。聡志は気になって、ドアのノブに手をかけた。そんなものを覗くなんて悪趣味だと、内なる声が戒《いまし》めたものの、好奇心には勝てなかった。

加えて、デパート店員の痴態《ちたい》を見物したいという、下卑《げび》た興味もあった。

こんな場所にいるのは、間違いなく関係者である。ということは、女性のほうは店員の可能性が大きい。

あの制服姿で男と抱き合っているのかと考えるだけで、是非とも見たくなる。アダルトビデオでしか見られないようなシチュエーションのものを、リアルで目にすることができるのだから。

聡志は音を立てないようにドアを開け、まずは目の届く範囲を確認した。しかし、誰も

いない。ただ、あやしい響きの声は、ずっと聞こえている。

(上の階みたいだぞ)

ドアをそっと閉め、階段のほうに足を進める。足音をたてないように気をつけて。

「あ、あ、そこぉ」

不意に大きな艶声が響き渡ったものだから、ドキッとする。案外近くのようだ。

「シッ、声が大きいよ」

男がたしなめると、「だってぇ」と甘えた声音で女が返す。どうやらコトの真っ最中らしい。

性欲の有り余った若い男女の逢い引きを、聡志は想像していた。だが、声の感じからして、もっと年上のようである。

(同い年ぐらいかな)

階段の手すりに身を隠すようにして上を覗くと、果たして踊り場にひとの姿があった。

階数表示のある蛍光灯の真下、奥側の壁の前で、ふたりが重なっている。

見えるのはスーツ姿の男の背中と、その陰にいる女性だ。どちらも顔は定かではない。ただ、女のほうは、期待したような制服姿のデパート店員ではなかった。

(え、あのひとは——)

3

最初に気になったのは、やはり女性のほうである。彼女はエプロンをつけており、その柄に見覚えがあった。この一週間近く、すぐ近くで目にしていたからだ。

柴栗山村のブースの隣は、合併の話もあった酒津市だ。もちろん商品の多彩さや質、それから売れ行きでは大きく差がある。

スタッフも大所帯で、酒津市のブースには、地元の有志も販売員として参加していた。その中に、あのエプロンをつけた女性がいたのである。

泣きぼくろが色っぽい、三十歳前後と思《おぼ》しき和風美人。初日に挨拶《あいさつ》をしたとき、左手の薬指に銀のリングがはめられていたから、人妻だとわかった。

販売に携《たずさ》わるスタッフは、店員以外も身元を明らかにする名札をつけている。彼女の名前が佐々木春子《ささきはるこ》であることも、聡志は知っていた。

（じゃあ、あの男は佐々木さんの旦那さん？）

売り場では、夫婦同伴でなかったはず。となると、上京した夫が陣中見舞いに訪れて気分が盛りあがり、こんなところでまさぐりあっているのか。

（夜まで待てないのかよ）

あきれながらも、男女の睦《むつ》み合いに目を奪われていると、

「ほら、こんなに濡《ぬ》れてる」

男が品のない口調で辱《はずかし》める。彼の手はエプロンの脇から入り込み、人妻の秘苑をまさぐっているらしい。

「いやあ……」

春子が嘆き、男にしがみつく。膝が崩れそうにわないていているから、かなり感じているようである。

彼女は、今日はジーンズを穿いていた。エプロンの下で、半脱ぎにさせられているのではないか。こんな場所で下着や熟《う》れ腰をあらわにさせられることにも、羞恥《しゅうち》を禁じ得ないのだろう。

ただ、心から嫌がっているわけでないのは、甘えを含んだ艶声や、いやらしくくねる下半身からも明らかだ。

そのとき、

「まったく、いやらしい奥さんだ」

男が含み笑いで言った。

(え、奥さん?)

夫であれば、そんな呼び方はしないはず。

(じゃあ、不倫しているのか!?)

いかにも清楚《せいそ》な奥様という感じで、ひとの道にはずれた行ないをするようなタイプには見えなかったのだが。

「ああ、言わないで」

春子がイヤイヤをすると、男はさらに調子づいた。

「だけど、こうされるのがいいんだろ?」

「ああ、そ、そこぉ」

人妻が首を反《そ》らし、甲高い喜悦《きえつ》の声をあげる。どこをどうされているのかはまったくわからないが、聡志はひとつだけ気づいたことがある。男が誰であるのかを。

(こいつ、秋川じゃないか!)

どうも声に聞き覚えがある気がしていたのだが、ようやくわかった。スーツもこの色だったはず。

そして、春子の言葉が決定打となった。

「うう……あ、秋川さんの意地悪ぅ」

声を詰まらせつつ、彼の名前を呼んだのである。

（てことは、秋川はもともと佐々木さんと知り合いだったのか？）

年はそう離れていないようだから、たとえば高校や大学が同じだったとか。

しかし、売り場のほうでふたりが親しげにしているところは見ていない。地元の知り合いなら、それらしい態度を示すはずである。

となると、この数日のあいだに関係を深めたことになる。もしかしたら、秋川が催事場の主任という立場を利用して、誘ったのだとか。

彼が人妻との不倫関係を愉しんでいることに、驚きはなかった。昔のままの性格なら信じられなかったであろうが、今の彼は、いかにもそういうことをしそうに見える。自信家で、欲しいものは何としてでも手に入れそうであったから。

だが、あの清らかそうに見えた人妻が、そんなやつに身を任せることについては、落胆せずにいられなかった。誘ったのは秋川のほうでも、彼女自身、こんな場所ではしたない声をあげているのだから。

（いや、とにかくあいつが悪いんだ。絶対に——）

かつての同級生でも、憎らしくてたまらない。もっとも、魅力的な人妻をものにしたことへの妬《ねた》ましさも大きかったが。

「おれのもさわってよ」

秋川の求めがあって間もなく、春子が「ああ」とやるせなさげな声を洩らした。

「こんなになって……」

「感想は？」

「立派だわ。それに、とても硬い」

「旦那さんと比べてどう？」

「比べるまでもないわ。ウチのひとは四十をとっくに過ぎてるんだもの」

どうやら春子の夫は、一回りほども年上らしい。そのため夫婦生活にも満足できず、こうして他の男の誘いにのったのか。

「だったら、しゃぶってよ」

「こんなところで？　エッチなひとねえ」

なじりながらも、人妻が体勢を低くする。膝をつき、牡器官《おす》をズボンの前開きから摑み出したようだ。

「逞《たくま》しいわ……」

感に堪えないつぶやきのあと、

「くうぅっ」

秋川が尻を震わせて呻《うめ》く。奥側の壁に両手をついて、からだを支えた。

（本当にしゃぶってるのか⁉）

聡志は驚きを禁じ得なかった。たとえ夫のものであっても、ペニスを口に入れるなんてはしたないと拒《こば》みそうな女性だったのに。

ひとは見かけによらないのか。いや、自分にひとを見る目がないんだなと落ち込みかけたとき、チュパッと舌鼓《したつづみ》の音が聞こえた。

「じょうずだね、奥さん。チンポが溶けちゃいそうだ」

秋川が品のない言葉遣いで褒める。それに対する春子の返事はない。まあ、口にモノを入れているのだから当然か。

しばらく口淫奉仕が続いたあと、人妻が驚くべきことを口にした。

「設楽《したら》さんにも、こういうことさせたんでしょ？」

咎《とが》めるような問いかけに、秋川はしれっとして答えた。

「させたんじゃなくて、あの奥さんが自分からしゃぶったんだよ」

「本当かしら？」

「本当さ。フェラチオが好きみたいだったぜ」

「へえ、設楽さんがねえ」

ふたりのやりとりに出てきたもうひとりの「奥さん」が誰なのか、聡志にはわからなかった。ただ、春子がその設楽夫人に誘われたか紹介され、秋川とこんなことをしているのは、おぼろげながら理解できた。

（つまり、秋川は他の人妻とも不倫してるってことか）

何人と関係を持ったのかは知らないが、ふたりだけではない気がした。他の市町村のブースにも、地元から来た手伝いの女性たちはかなりいる。もちろん人妻ばかりでなく、独身も。

さすがに役所や商工会関係の人間は、責任ある立場上、こんなことはしていないと思いたい。だが、この物産展のあいだ、秋川はいったい何人に手をつけたのか。

（こんないい加減なやつだったなんて……）

軽薄というか見境《みさかい》がないというか、とにかく女にだらしないということは確かだ。昔はこんな人間じゃなかったのに、都会の生活が彼を変えてしまったのか。

もっとも、秋川だけを責《せ》めるのは酷《こく》かもしれない。仮に彼が誘ったのだとしても、それに乗った女性側にも責任がある。まして夫を裏切るなど、どんな言い訳だって理由にはなるまい。

(東京に来たものだから浮かれて、見境がつかなくなったのかもな)

地元にいたら他人の目もあるし、軽はずみな行動はとれないだろう。けれど、ここには口うるさいご近所さんなどいない。様々なひとやものの溢《あふ》れた都会で解放された気分になり、つい羽目を外してしまったのではないか。

というより、ハメようとしているのか。

「じゃ、今度はおれがしてあげるよ」

秋川が春子を立たせる。そのとき、色っぽく頬を染めた人妻の顔が見えた。彼女は「やだ」と恥じらいつつも、目が淫蕩《いんとう》に潤《うる》んでいた。

(こんないやらしい顔をするなんて……)

夫にはもう、こんな顔を見せないに違いない。

人妻を奥側の壁に向かって立たせると、秋川は真後ろに膝をついた。

案の定、彼女のジーンズはヒップの半ばまでずり下げられている。ベージュのパンティも定位置から下がった状態で、尻の割れ目が少しだけ見えていた。

そのふたつの衣類を、秋川は無造作に引き下ろした。

「いやぁ」

春子が羞恥の声をあげ、あらわになった白い臀部《でんぶ》を左右に揺《ゆ》らす。

秋川の頭が邪魔して、熟れ尻の全貌を視界に入れることができない。けれど、それはいかにも重たげで丸まるとした、水気たっぷりの水蜜桃《すいみつとう》という風情《ふぜい》であった。

色気を満々と湛《たた》えた人妻の豊臀に、聡志は階段の下で息を呑《の》んだ。もっと近くで見たいという熱望がこみ上げたものの、もちろんそんなことはできない。

「ああ、素敵なおしりだ」

秋川が称賛する。至近距離で見られる彼が、羨《うらや》ましくてしょうがなかった。

「ああ、いやぁ」

　春子が嘆き、下半身をモジつかせる。だが、羞恥以上の昂《たかぶ》りも感じているふうだ。

「恥ずかしいところがまる見えだよ」

たわわに実った尻肉を割り開き、辱めの台詞《せりふ》を口にする男。女は夫の存在も忘れ、今だけの淫らな情感にどっぷりひたっている。

「い、いや……そんなに見ないで」

「そういうわけにはいかないよ。だって、しっかり舐《な》めてあげるんだから」

「え？」

春子が振り返ったのと、秋川が艶尻に顔を埋《うず》めたのは、ほぼ同時であった。

甲高い声がほとばしり、熟れた双丘がビクビクとわななく。敏感な部分に牡のくちづけを受けたのだ。

「あああ、だ、ダメぇっ」

「そ、そこ……ダメよぉ、あ、洗ってないのにぃ」

濃密な女くささをこもらせているところをまともに嗅《か》がれ、素《す》のままの味も知られたのだ。女性にとっては、この上なく恥ずかしいことではないのか。

もっとも、聡志は洗う前の女性器がどんなふうなのか、知っているわけではない。大学時代の恋人は、セックスの前には必ずシャワーを浴びていたからだ。クンニリングスも頻繁にしたけれど、そこはボディソープの香りをさせていることがほとんどだった。

つまり、元カノは有りのままの匂《にお》いを知られたくなかったわけだ。たとえ付き合っている相手であっても。

だからこそ、普段は強烈な臭気を放っていると、容易に想像がつく。男だって、洗ってなければ股間が匂うのだ。女性もそれは同じはず。

聡志は一度だけ、恋人が脱いだあとのブーツを嗅いだことがある。単なる好奇心だったのだが、鼻奥にツンとくる酸味臭がしたものだから、男も女も基本は変わりないと思い知った。まあ、同じ人間なのだから当然か。

ただ、性器の匂いは男と女で異なるだろう。もちろん個人差があるにせよ、あの綺麗な人妻はどんな恥ずかしいフレグランスを漂《ただよ》わせているのか。単なる好奇心ではなく、牡の本能として知りたかった。

「うう、く、くさくないの?」

女が涙声で訊ねる。だが、ねぶるのに忙しい秋川は答えない。代わりに、ぢゅぢゅッと はしたないすすり音をたてた。

「ああっ、く、くぅううう—」

敏感なところを吸われたのか、春子がのけ反って呻く。今にも崩れ落ちそうに膝がわないた。

人妻がクンニリングスで身悶《みもだ》える姿を、聡志は階段下に身をひそめて窃視《せっし》し続けた。中腰の姿勢で、太腿が痛くなるのもかまわずに。

途中、

「いやぁ、そ、そこはおしり——」

と、春子が口走ったから、アヌスも舐められていたようである。

卑猥《ひわい》この上ない見世物に、股間の分身は当然ながら猛々《たけだけ》しい漲《みなぎ》りを示す。ズボンの前を大きく盛りあげ、鈴割れから先走りの粘汁をジワジワと溢れさせた。

そうやって昂奮の極みにありながらも、さすがに自らをしごくことはしなかった。見つかったらまずいという抑制が働いたからではない。かつての同級生が人妻と懇《ねんご》ろになっている場面を覗き見てオナニーなどしたら、立ち直れないほどに落ち込む気がしたのだ。まして、都会でバリバリやっている彼に劣等感を抱いていたから尚《なお》さらに。それは完全なる敗北であり、屈服《くっぷく》したにも等しかった。

もっとも、こうして覗き見を続けている時点で、ほとんど負けのようなものだが。

（くそ……うまくやりやがって）

妬みと羨望《せんぼう》で歯嚙《はが》みしたくなったとき、聡志はふと気づいたことがあった。

（こいつ、こういうイベントのときばかりじゃなくって、普段から誰彼かまわず女を口説いてるんじゃないか？）

それによって女に対する自信をつけているからこそ、ほとんど知り合ったばかりの人妻ともうまくやれるのだろう。

（てことは、同僚や部下の女性とも――）

そこまで考えて脳裏に浮かんだのは、柴栗山村の販売を手伝ってくれている亜希奈であった。

(あの子もひょっとしたら、秋川が手をつけてるんじゃないか?)

いや、あんな純情で真面目そうな子が、こんな不道徳な男と関係を持つはずがない。そう思い直しても、一度生じた疑念はなかなか消えなかった。

そう言えば彼女は、主任である秋川から声をかけられたとき、やけにビクついていたように見えた。あれは上司の言葉に緊張したわけではなく、処女を奪った男に対する畏怖《いふ》の反応だったのではないか。

などと、勝手な想像がどんどんふくらんでゆく。

(まあ、今はまだ何もなくても、そのうち秋川が口説くのは間違いないな)

何しろ、あれだけ可愛い子なのだから。田舎出身の純情な娘など、女の扱いに長《た》けた彼にかかっては、ひとたまりもあるまい。

ただ、結局は弄ばれ、捨てられることになるような気がする。そんなことになってほしくないと思いつつも、不吉な予想は止まらない。

「ね、ねえ……舐めるのはもういいから――」

春子が切なげに訴える。クンニリングスでは頂上に至れないようで、男のシンボルが欲しくなったのだ。

秋川が女芯から口をはずす。けれど、すぐに結合の体勢をとることはなかった。

「もういいって、じゃあ、何をするの?」

わかっていて訊ねているのが明らかな、わざとらしい口調。言葉でも女を辱めるつもりらしい。

「何って……」

人妻が言い淀《よど》み、熟れたヒップをくねらせる。いかにも物欲しそうなしぐさも無視して、秋川は意地の悪い質問をした。

「何をしてほしいのか、はっきり言ってよ」

どうやら焦《じ》らして恥ずかしいことを口にさせる魂胆《こんたん》らしい。

セックスしたいと女のほうに言わせることで、自らの責任を回避するつもりなのか。それとも、プレイの一環として愉しんでいるだけなのか。

意図はわからないが、それによって春子が窮地《きゅうち》に追い込まれたのは事実である。

「だ、だから……舐めるんじゃなくって」

涙声で苛立《いらだ》ち、身悶える人妻。しかし、秋川は執拗《しつよう》だった。

「ちゃんと言ってよ。そうしないと、何もできないから」

きっぱり告げることで、彼女にはしたないおねだりをさせる。

「うう……い、挿《い》れて」

「何を?」

「あうう、お——オチンチン」

「どこに挿れればいいの?」

この問いかけに、春子はさすがに逡巡《しゅんじゅん》を示した。だが、体内に燃え盛る欲望の炎には勝てなかったようである。

「だから、そこに」

「そこって?」

「あ、秋川さんが見てるとこ……」

「ここ?」

秋川が人妻の羞恥部分に指をのべる。途端に、彼女が「ひっ」と鋭《するど》い声をあげてのけ反った。

「そ、そこはおしり——そっちじゃなくって」

「じゃあ、こっち?」

「くぅうーン」

今度は切なさをあらわにした声で啼き、艶尻をぶるぶると震わせる。膣《ちつ》に指を挿れられたようである。

「すごいね。中はドロドロのぬるぬるだ。ここにオチンチンを挿れてほしいの？」

「ああ、そうよ。早く――」

「じゃあ、ここは何ていう名前なの？」

しつこく訊ねられ、もはや焦燥《しょうそう》もピークに達したらしい。一刻も早く貫《つらぬ》かれたくて、たまらなくなっていたのではないか。

「……お、おまんこ」

とうとう禁じられた四文字を口にして、春子は「ああ」と羞恥に嘆いた。

「じゃ、お望み通りに」

秋川は立ちあがってベルトを弛《ゆる》めた。ズボンと下着をずりおろし、下半身をまる出しにする。豊満なヒップと素肌で密着したかったのだろう。

そして、自らの分身を捧《ささ》げ持ち、濡れた女芯へあてがった。

「挿れるよ」

簡潔に告げ、腰を送り出す。

「ほぉおおおーっ！」

人妻があられもない声を張りあげ、総身をわななかせた。

「ああ、すごい。奥さんのオマンコ、キュウキュウ締めつけてくるよ」

秋川は卑猥な言葉遣いで、女の具合を褒め称《たた》えた。

「うう……あ、秋川さんのオチンチンも、とっても硬いのぉ」

春子もあられもない発言でそれに応えると、

「ね、いっぱい突いてぇ」

と、尻を振っておねだりした。

「了解」

秋川はすぐさま力強いピストンを繰《く》り出した。ぐちゅっと蜜壺《みつつぼ》がかき回される音がしたあと、男女のぶつかり合いがパンパンと小気味よい音を響かせる。

「ああ、あ、感じる——くううう、こ、こんなの久しぶりよぉ」

感に堪えないよがり声をあげ、人妻は夫以外のペニスで歓喜に舞いあがった。

そこに至って、聡志は覗き見を続けることができなくなった。男の尻が前後に振られるところなど見ていたくなかったのと、訳のわからない息苦しさに襲われたのである。それは罪悪感によるものかもしれなかった。

（もう行こう……）

決心するなり、腰を浮かせる。体勢を低くしたままそろそろと後ずさり、ドアのところに戻った。

そして、音を立てないようにそっと開けたところで、向こう側にいた人物とまともに目が合う。

「あ――」

小さな声を洩らして驚愕をあらわにしたのは、亜希奈であった。

（え、どうして木元さんが⁉）

聡志も驚いたが、こちらが反応を示す前に、彼女はぱっと身を翻《ひるがえ》した。あとは振り返ることなく、脱兎《だっと》のごとく駆けてゆく。

（……あの子、秋川のセックスを立ち聞きしてたのか？）

茫然《ぼうぜん》として立ち尽くす聡志の背後で、人妻のよがり声がわんわんと響いた。

第二章　夜の取材ノート

1

翌日は代々木《よよぎ》公園に場所を移し、イベント広場と野外ステージで、N県物産展と郷土芸能公演が開催された。

デパートの催事場ではスペースが限られているため、商品の陳列台もかなり手狭《てぜま》であった。けれど、ここでは各自治体にパイプテントがひとつずつ割り当てられている。ディスプレイは自由だ。さらに、テントの前や脇にベンチやテーブルも置くことができたから、飲食の席も確保できた。

そういうこともあって、デパートの物産展には参加しなかった市町村も加わり、かなり大々的なイベントになっていたのである。

好天に恵まれた土曜日は、予想以上の人出があった。原宿《はらじゅく》駅のそばということもあってか、若い世代の割合も高い。人いきれのする会場は、活気に満ちていた。

但《ただ》しそれは、すべての自治体スペースに言えることではない。

会場の隅の場所を与えられた柴栗山村のテントは、広場内の賑やかさとは無関係に、相変わらず閑古鳥《かんこどり》が鳴いていた。商品の種類も数も少ないから見た目が寂《さび》しく、どこかみすぼらしい。

そのため、本部か何かのテントだと勘違いした者もいたらしい。何度か案内を頼まれた。もっとも、すぐにしばグリくんがしゃしゃり出たため、気味悪がって逃げてしまったが。

それ以外に訪れる客は、ほとんどない。デパートで売れなかったぶんを挽回《ばんかい》するつもりだったのに、出端《ではな》をくじかれた状態だった。

ここではデパートのように手伝ってくれる店員はおらず、スタッフは聡志と野元、それから役立たずのゆるキャラのみだ。まあ、そこらで奇声をあげるだけのしばグリくんは別にして、残るふたりだけでも手持ち無沙汰《ぶさた》という有り様だった。

そのため、聡志はつい、この場には関係ないことを考えてしまうのだ。

(あの子、やっぱり秋川と関係があったのかな……)

思い出すのは昨日の出来事。非常階段での秋川と人妻の交歓を、あの子——亜希奈は明らかに立ち聞きしていたようである。おそらく、性的な関心が理由ではなく。

ああいう場合、男ならともかく、女の子が単なる興味本位で聞き耳をたてるとは思えない。普通は知らぬフリをするか、嫌悪《けんお》を覚えるのではないか。前の恋人も、公園などでイチャつくカップルを見かけると、不機嫌をあらわにその場を立ち去っていた。

なのに、亜希奈があそこにいたということは、気になることがあったからに他ならない。その対象が人妻とは考えにくいから、やはり上司である秋川のほうだろう。

けれど、単に上司だからというのが理由ではあるまい。それならば気を遣い、その場を去るはずだ。

だが、関係のあった男ならどうか。自分を抱いておきながら他の女と——と、嫌な気分になるに違いない。本当にいやらしいことをしているのかと、気にもなるだろう。

そういう理由で、彼女はあそこにいたのではないか。ただ通りがかっただけとは思えないし、やはりふたりはそういう関係なのだ。

あのあと売り場に戻ったとき、亜希奈は気まずそうに視線を逸《そ》らした。聡志がそばに行くと避《さ》ける素振りも示したから、まずいところを見られたという意識があったようだ。

そのまま彼女と言葉を交わすこともなく、デパートでの最終日を終えたのである。

（あんな純情そうな子も、秋川は抱いたわけか……）

亜希奈に対して、何ら特別な感情を持っていたわけではない。けれど、真面目でいい子だと買っていたから、大切なものを穢《けが》されたような、やるせない思いが強い。それはおそらく、彼女がかつての恋人にどこか似ていたこととも無縁ではあるまい。

（つまり、処女じゃなかったんだな）

十中八九バージンだなんて、買いかぶりもいいところだ。というより、女性を見る目がなかったということか。

自身の馬鹿さ加減がほとほと嫌になる。秋川と春子の密事をずっと覗き見していたことにも、今になって自己嫌悪を覚えた。

そんなふうだったから、お客を呼び込む気にもなれず、ずっとパイプ椅子に腰かけていたのだ。

野外ステージのほうから、聞き覚えのある音楽が流れてくる。N県では知らぬ者などいないであろう民謡だ。それにあわせて踊りも披露されているようだ。

（そういや、ウチの村にも何か郷土芸能はなかったかな？）

売れない商品を無理してかき集めるよりも、そっちのほうで参加すればよかったのではないか。しかし、こういう場所で披露できそうなものはない。祭のときには神社で舞が奉納されるけれど、かなり地味だし、どこにでもありそうなものだ。

(ようするに、何もない村なんだよな……)

参加すること自体、最初から無理があったのだ。そして、そういうところの出身だから、自分も取り柄がないのかと、自虐的《じぎゃく》なことを考える。

(だから恋人にも愛想を尽《つ》かされるんだよ)

やり切れなくてため息をついたとき、目の前をカメラやマイクを手にした一団が通り過ぎた。テレビ局の取材クルーのようだ。今夜のニュースにでも出るのだろうか。

(あ、そうか。ウチも取材してもらえれば、明日はお客が来るかも知れない)

そう考えかけて、いや、無理に決まっているとかぶりを振る。

こんな何もない、画《え》にもならない村のスペースを、どこの物好きが撮影しようなんて思うだろうか。仮に取りあげられたとしても、貧相の見本みたいに扱われ、物笑いになるのがオチだ。

見回せば、他にもテレビ局や新聞社など、腕に取材の腕章をつけたひとびとがいる。彼らがカメラを向け、インタビューをするのは、お客が集まって繁盛しているところばかりだ。おそらく柴栗山村のテントは、彼らの目には臨時休憩所ぐらいにしか映らないのではないか。

（ま、無理ないか）

野元の姿が見えない。イベント会場内は喫煙のできるところが限られているから、どこかに移動して煙草《たばこ》でも吸っているのだろう。

自分ひとり、こうしてアホ面《づら》さげて坐《すわ》っていれば、ますますお客は近寄り難いに違いない。もっとも、近づいたところで買うものなどないから、結局は同じことだ。

あれこれ準備に奔走《ほんそう》し、車をとばして東京までやって来たのに、何もいいことがなかったなあ。と、まだ明日が残っているのに、聡志は早くも諦《あきら》めムードであった。

いっそ休憩中の札でも下げて、どこか見物に行ってこようか。そう考えたとき、今までどこにいたのか、姿の見えなかったたしばグリくんが戻ってきた。

それも、女性をひとり連れて。

「出来島さん、こちらの方が取材したいそうなんですけど」

ゆるキャラのしばグリくんではなく、素《す》の声で梨花が告げる。そのほうが奇声をあげるよりも滑稽《こっけい》に感じられ、聡志は思わず笑いそうになった。

が、そんな場合ではないとすぐに気がつく。

「え、取材？」

訊《き》き返すと、その女性が前に出てペコリとお辞儀をする。見ると、たしかに取材用の腕章をつけていた。

年は二十代後半から三十歳ぐらいというところか。取り立てて美人というわけではないけれど、キリッとして整った顔立ちは、いかにも真面目そうだ。

ワンピースにジャケットという服装も、着こなしが決まっている。セミロングのヘアスタイルやメイクにも隙《すき》がなく、いかにも洗練された都会の女性という雰囲気《ふんいき》だ。

(新聞記者って感じじゃないな……女性誌とかの記者かな?)

だとすると、すぐに記事が出ることはないから、イベントの宣伝にはならない。けれど、取りあげてもらえるだけ名誉《めいよ》である。

「あ、そうなんですか。どうぞこちらへ」

彼女をテント内に招き入れると、

「じゃ、わたしは行きますね」

言い残して、梨花がまたどこかへ去ってゆく。すぐにゆるキャラモードになり、「きゃふふーン」と奇声をあげて。

「あ、わたし、こういう者です」

女性が名刺を差し出す。最初に目に入ったのは、横書きで中央に印字された「立見萌《たつみも》恵《え》」という名前だった。

（たつみ……もえ、かな？）

首をかしげてから、すぐ下にローマ字の表記があることに気がつく。名前の読み方は間違っていなかった。

名前の上には、彼女が記者を務める雑誌の名前が記載されている。そこには平仮名で書かれた都内の地名の前に、「タウン誌」とあった。

（え、それじゃ――）

タウン誌と呼ばれるものなら、N県にもいくつかある。要はその地域の情報を載せたローカル誌だ。情報そのものが広告になっていたりして、無料で配られているものもあるようだ。

大手のメディアではないと知って、聡志はがっかりした。もっとも、大手が柴栗山村など相手にするはずがない。うちにはこの程度がお似合いだと、取材に来てくれた萌恵に対しても失礼なことを考える。

（だけど、何のための取材なんだろう……）

ふと疑問が浮かぶ。

タウン誌なら、すぐに次の号が出るわけではないのだろう。イベントそのものの宣伝ではあるまい。そもそも誌名になっているのは東京の西部の都市で、ここ代々木公園とも関係が薄い。もちろんN県や、柴栗山村とも。

名刺を眺めながらそんなことを考えていると、

「あの――」

萌恵に声をかけられ、「え？」となる。

「わたしにも名刺をいただけますでしょうか？」

「あ、ああ、失礼しました」

聡志は慌てて自分の名刺を取り出した。

「……できじまさとしさん？」

女性記者が首をかしげながら名前を確認する。

「ええ、そうです」

「お若く見えますけど、係長をされてるんですね」

「もう三十三ですから、そんなに若くないですよ。それに、小さな村ですから役場職員も少ないですし、僕ぐらいの年になれば係長にもなれます。産業振興課も、臨時職員を入れて四人しかいないんですから」

「そうなんですか？」

萌恵がバッグからイベントのパンフレットを取り出す。そこには参加している自治体の紹介と、販売商品や郷土芸能の説明などが書かれてあった。

「柴栗山村……ああ、本当に人口が少ないんですね」

うなずいて、陳列されている商品もパンフレットと見比べて確認する。あまりの地味さにあきれているのではないかと思ったが、彼女はずっと生真面目《きまじめ》な表情を見せていた。

(本当にしっかり取材してくれるみたいだな)

ただ、どうして柴栗山村を選んだのかは、さっぱりわからない。

「こちらに坐りませんか?」

パイプ椅子を勧めると、萌恵は「はい、ありがとうございます」と腰をおろした。聡志も野元が使っていたものを彼女の斜《なな》め前に置き、「失礼します」と断わってから坐った。真正面の位置にしなかったのは、気詰まりだったからだ。

ところが、萌恵のほうが椅子の角度を変え、真正面から向き合うようにしたのである。

聡志は戸惑った。

(真面目だから、しっかり相手の目を見て話したいのかな?)

ただ、そんなふうにされたら、こっちが話しづらい。聡志はうろたえつつも、気になっていたことを先に訊ねた。

「あの、どうしてウチの村を取材しようと思ったんですか?」

するど、萌恵が探るような眼差しで首をかしげる。

「こちらを取材すると、何か不都合なことでもあるんですか？」

「いや、そういうわけじゃないんですけど」

「だったら、どうして取材するのかなんておっしゃるんですか？」

真っ直ぐな問いかけに、聡志は何と答えればいいのかと迷った。それでも、自分から質問した手前、ここは理由をちゃんと伝えるべきだろう。

「ええと、正直言って、取材されるほどのものがないんですよ。ご覧の通り、売り物も地味で華がないですし、だからちっとも売れないんです」

「そうなんですか？」

「ええ。実際、お客さんがまったく来ないじゃないですか。売れる商品も、見るべきものも、まったくありません」

「あの犬みたいな、栗みたいなゆるキャラはどうなんですか？」

まるっきり頭になかったしばグリくんを持ち出され、聡志は言葉に詰まった。

「――いや、あれは」

説明しかけて、ハッと気がつく。

「あ、ひょっとして、しばグリくんに興味があって来られたんですか？」

「しばぐりくん……ああ、それがあのゆるキャラの名前なんですね」

うなずいた萌恵が、再びパンフレットを開く。

「だけど、他の市町村のゆるキャラは、ここにちゃんと紹介されているのに、しばグリくんですか？　あの子はどうして載ってないんですか？」

「ああ、急ごしらえだったから、間に合わなかったんです」

「え、急ごしらえって？」

聡志は、しばグリくんが今回のイベントに参加するに至った経緯を説明した。非公認な上にあんな外見だから、ほとんど役に立っていないことも含めて。

すると、萌恵は感心した面持《おももち》ちで何度もうなずき、聞かされたことをノートにメモしたのだ。

（やっぱり最初からしばグリくん目当てだったみたいだぞ）

と、聡志が納得するほどの熱心さで。

（あ、ひょっとしたらこのイベントにも、どんなゆるキャラがいるのかを取材しに来たんだとか）

それならタウン誌の特集としてありかもと思ったものの、話を聞くとそういうわけでもなかったようだ。

「あのゆるキャラさんに、取材してくれませんかって連れてこられたのは確かですけど、わたしはべつに、あの子に興味があったわけじゃないんです」

「じゃあ、N県にはどんな特産品があるのかを取材しに来られたんですか？」

「デスクの指示はそうでした。東京って、N県出身の方が多いんですよ」

「え、本当に？」

「ええ。ウチの市にもけっこういらっしゃいますよ。アンケートで出身地を訊ねることがあるんですが、かなり目立ちますね」

「へえ……」

うなずいた聡志の脳裏に浮かんだのは秋川と、東京で就職したはずのかつての恋人であった。もちろん、他にも上京した知り合いはいるのだけど。

「だけど、柴栗山村を取りあげても、あまり意味はないと思いますよ。もともと人口が少ないから、上京している人間もそう多くないでしょうし。県内ですら、ほとんど知られていない村ですから」

「意味がないってことはありません。わたしは特産品よりも、ひとを取材したいんです」

「え？」

「さっき、出来島さんは、こちらの売り物をずいぶん謙遜《けんそん》されていましたけど、だったらどうして、このイベントに参加されてるんですか？」

「それは、まあ、上からの命令というか——」

柴栗山村が今回のイベントに参加することになった経緯を、聡志は説明した。さすが記者と言うべきか、萌恵は聞き上手で、巧《たく》みに話を引き出す。そのため、気がつけばかなり詳細なところまで話していた。

「じゃあ、出来島さんとしては嫌々東京まで来たっていう感じなんでしょうか？」

「嫌々……うーん、そうとまでは言い切れない気がしますけど」

「どういうことなんですか？」

「言ってしまえば、これも職務っていうか、仕事なわけです。仕事をするのに嫌だからなんて言っていられないわけですから、とにかくやれるだけのことはやらなくちゃって気持ちになるんですよ」

「ああ、だからこれだけの商品を工面《くめん》されたわけですね」

「工面というか、無理やりかき集めただけですけど」

自虐的な物言いに、萌恵は首を横に振った。

「いえ、充分に努力されたと思います」

そう言って、彼女がほほ笑む。初めて見せた笑顔に、聡志は思わずときめいた。生真面目なだけの女性という印象が強かったから、やけに可愛らしく見えたのだ。

「そうすると、出来島さんはあくまでも公務員としての仕事で来られたということなんですね。だけど、あのひと――ゆるキャラを担当されている船戸さんは、有志として上京されたんですよね？」

「有志というか、まあ、勝手に押し掛けてきたって感じですけど。それほど役に立っているとは思えないですし」

「まあ、それはたしかに」

認めてから、萌恵は気まずげに咳《せき》払いをした。梨花に悪いと感じたのだろう。

「ただ、さっきのお話ですと、あの着ぐるみは船戸さんが自作されたようですし、その費用も旅費も自己負担ということですよね。そこまでして協力されるっていうことは、それだけご自身が生まれ育った村に愛着があるんだと思いますけど」

そうかなと疑問に感じたものの、ここは梨花の顔を立てることにする。

「ええ、きっとそうでしょうね」

「出来島さんも、柴栗山村のご出身なんですよね。それなら、単に仕事だからという義務感以上の、故郷のために何かしたいという気持ちもあるんじゃないですか？」

そんなこと、考えたこともなかったものだから、聡志は返答に詰まった。

（村のために……？）

生まれ育ち、今も住んでいる村であり、もちろん愛着はある。というより、自身の一部と言っていい。

しかし、特別柴栗山村のためにという意気込みはなかったと思うのだが。

聡志が何も言えずにいると、萌恵が身を乗り出してくる。まるで、ますます興味が湧《わ》いたというふうに。

「それじゃ、特別な意気込みはなくて、ただ仕事として頑張ってこられたっていうことなんですか？」

「え、ええ……そうなりますね」

「へえ、そうなんですか」

驚きと感心をあらわにした表情で大きくうなずく。そこまで大袈裟《おおげさ》なリアクションをとられるようなことだろうかと、聡志は戸惑《とまど》いを大きくした。

（ていうか、取材対象が村じゃなくて、おれになってる気がするんだけど……）

いや、取材でなく、ただの興味本位か。実際、彼女はもうメモをとっていなかった。

もっとも、その後の萌恵は話題を村の特産品に戻し、デジカメで写真を撮るなど丁寧な取材をした。

「どうもありがとうございました。おかげ様で、いい取材ができました」

終わると、彼女は深々と頭をさげて礼を述べた。

「あ、いえ、どういたしまして」

聡志は恐縮して挨拶を返した。大したものもないのに長い時間取材をしてもらい、かえって申し訳なく感じたぐらいだったのだ。

「あの、不躾《ぶしつけ》で申し訳ないんですけど、ひとつお願いを聞いていただけませんか?」

萌恵が真剣な表情で両手を合わせる。貴重な時間を割《さ》いてもらったのだし、聡志は即座に了承した。

「ええ、もちろん。僕にできることであれば」

「よかった。あの、今夜お付き合いしていただきたいんですけど」

「え?」

予想外の依頼に、聡志は目をぱちくりさせた。

2

その晩、聡志は萌恵と新宿駅の東口で待ち合わせた。それから、彼女の案内で、個室のある居酒屋に入る。

そこは料亭っぽい雰囲気の、高級感のある店だった。通されたのもただ仕切りで区切られただけの個室ではなく、きちんと座敷になっていた。

玄関を入ってすぐのところに大きな水槽《すいそう》があったし、かなり高いのではないかとビクビクしていたが、お品書きを見るとごく一般的な価格設定だったので安心する。料理は店構えそのままに和食中心で、本日のお勧めを見ると魚料理がメインのようだ。

実際、注文を取りに来た店員が、ざるに載せた鮮魚を持参し、

「本日のお勧めはこちらになっています」

と、実物を見せてくれたのだ。それぞれお造りがいいとか焼き魚にすると美味《おい》しいとか、細かく説明も加えて。

「飲み物は、とりあえず生でいいですか？」

「え？　ああ、はい」

「それじゃ、生をふたつと、あと、お造りは──」

何度も来ている店のようで、萌恵はてきぱきと注文した。まあ、彼女のほうから付き合ってほしいと申し出たのだから、初めての店になど案内しないだろう。

「出来島さんは、他に食べたいものってありますか？」

「あ、いや、おまかせします」

「そうですか。では、以上でお願いします」

注文を終えると、すぐに飲み物とお通しが運ばれてきた。

「では、今日一日、お疲れ様でした」

萌恵が笑顔でジョッキを掲《かか》げる。聡志は遠慮がちに、自分のジョッキを彼女のものにカチッと触れさせた。

屈託《くったく》のない女性記者は、かなりいけるクチらしい。ジョッキを口につけて傾《かたむ》けると、生ビールをいきなり半分近くも飲んだのだ。それも、うまそうに喉《のど》を鳴らして。

「ふうー」

ひと息ついて、またニッコリ笑う。イベント会場では少ししか見せなかった笑顔を、大安売りみたいに披露していた。

(ひょっとして、ただ飲みたかっただけなのかも)

お酒が好きで、一緒に飲んでくれる相手を探していたのではないか。他に理由は見つからないから、きっとそうだなと聡志は思った。

ただ、何か相談事でもあるのかと考えないではなかった。しかし、そんな相手に自分が選ばれるはずがない。年齢も近そうだから、飲みながら話すには適当だと判断したのではないだろうか。

「このお店、よく来るんですか？」

訊ねると、萌恵は「はい」と即答した。

「最初は、お世話になっている印刷会社の方に連れてきていただいたんです。そのときにファンになって、まあ、ちょくちょくってわけじゃないですけど、年に何回かは寄ってますね」

「ファンになったっていうのは、どんなところが気に入って？」

「まずはお酒ですね。最初はビールを頼むんですけど、このお店、美味しい日本酒がたくさんあるんですよ。それから、料理もいいんです。お魚が豊富で、いいものを仕入れてるんです」

「なるほど」

「今日もお勧めできるお魚が入ってましたから、楽しみにしていてくださいね」

「ええ、期待してます」

「あ、でも、お魚はN県のほうが、新鮮で美味しいものがたくさん召《め》し上がれるかもしれないですね」

N県が日本海に面していることを思い出したのか、萌恵が気まずそうな表情を見せる。

「いえ、そんなことないですよ。たしかに日本海側の海の幸《さち》は、あるところにはありますけど、ウチの村は山のほうなので、そういうのを食べる機会もあまりないんです」

「そうなんですか?」

「それに、獲《と》れた魚も、いいものはみんな東京のほうに運ばれると聞いたことがあります。そのほうが高く売れるからって」

「へえ。それだと、何だか地元の方に悪いですね。せっかくいいものが獲れても、口に入らないんじゃ」

「いいんですよ。そのぶん漁業関係者の収入が増えるんですから。あ、立見さんは、東京の出身なんですよね?」

「はい。生まれも育ちも」

「やっぱり……」

「え?」

「あ、いや、なんとなくそうかなって思っただけなんです」

いかにも都会育ちっぽく身なりが洗練されているから——なんてことを、本人に面と向かっては言えなかった。田舎者が何を偉そうに言っているのかと、笑われる気がしたのだ。

そんな話をしているあいだに、料理が運ばれてくる。

なるほど、季節の魚のお造りは身がぷりぷりして、これまでに食べたどの刺身よりも美味しかった。他に焼き魚もあり、子持ち昆布《こんぶ》の揚げ物や白身魚のサラダなど、初めて口にするものもあった。

萌恵は、聡志よりも早くビールのジョッキを空《あ》けると、日本酒を注文した。名前の知られた吟醸《ぎんじょう》酒の冷《ひ》や酒。思ったとおり、かなりの呑《の》ん兵衛《べえ》のようだ。

酔うほどにますます饒舌《じょうぜつ》になる彼女は、取材時のエピソードなどを面白おかしく話す。それに相槌《あいづち》を打ちながら、聡志は二杯目のジョッキを飲み、追加して運ばれてきた料理に舌鼓《したつづみ》を打った。

（やっぱり飲み友達がほしかったんだな）

職場では、女性は萌恵ひとりで、しかも最年少とのことだ。次に若いのは四十代だそうだから、飲みに行っても気を遣うばかりで酔えないのだろう。近い世代の相手と、気兼ねなく飲みたかったのではないか。

その相手に選ばれたのだ。光栄に思っていればいい。

萌恵の口調は次第に打ち解けたものになった。酔ったのだろう、頰《ほお》もほんのり赤く染まる。それがやけに色っぽく感じられ、聡志は彼女の整った容貌《ようぼう》を、ついじっと見つめてしまった。

「何ですか？」

戸惑ったふうに睨《にら》まれて、「あ、いや、べつに」とうろたえる。けれど、すぐに笑顔を見せてくれたから、気を悪くしたわけではなさそうだ。

飲み始めて、一時間も経ったろうか。萌恵は二杯目の吟醸酒を注文した。

それから、不意に居住まいを正す。

「あの……出来島さんに訊きたかったことがあるんですけど」

「え？」

つられて坐り直した聡志に、彼女は真剣な眼差しを向けてきた。どこか思い詰めているふうな顔つきだった。

「わたしが名刺を渡したとき、出来島さんはがっかりしてましたよね。なんだ、タウン誌の取材かって」

「いや――」

咄嗟《とっさ》に否定しようとしてできなかったのは、事実その通りだったからだ。

彼女が断定の口調で確認したのは、思っていたことが顔に出てしまったせいだろう。そこまで見破られたのなら、今さら誤魔化《ごまか》しても仕方がない。

ただ、肯定することもできずに押し黙っていると、萌恵がやるせなさげにため息をついた。

「それはべつにいいんです。わたしが出来島さんでも、きっとそんなふうに感じたはずですから」

ただの自虐には聞こえなかった。自身の所属するところや仕事に関して、彼女には深いわだかまりがあるように感じられた。

「でも、立見さんからあんなに丁寧に取材してもらえて、僕は——おれは、すごく嬉《うれ》しかったんです。ウチの村なんて、大したものがなかったのに」

「いえ、あれは——」

何か言いかけて、口ごもった萌恵であったが、思い切ったふうに告白した。

「実は、今日のあれは、ウチの編集長から命じられた取材じゃなかったんです。ただ、いい記事が書けたら、お願いして載せてもらうつもりではいましたけど。あくまでも、わたしの個人的な興味から取材しただけなんです」

これには、聡志は困惑するばかりだった。

あの取材記事が載らないかもしれないということについては、特にショックはない。むしろ、恥をかかずに済んだとホッとしたぐらいであった。

ただ、彼女がどこに個人的な興味を持ったのかが気になる。

「……えと、つまり、柴栗山村に興味を持ったから、取材をしたっていうこと？」

「村そのものではなくて、むしろ出来島さんにです」

「え、おれ？」

さらに意外なことを言われ、聡志は目を見開いた。

「柴栗山村のために働く出来島さんに、わたしは興味を持ったんです。その心根を知りたかったんです」

どういうことかと、我知らず眉《まゆ》をひそめる。すると、萌恵は自身のことを話し出した。

「わたし、十代の頃から文章を書くことが好きで、だけど創作をするような才能はなかったから、新聞や雑誌の記者か、編集者になりたかったんです。大学も文系に進んで、就活では都内の新聞社や出版社に、片っ端《かたぱし》から当たりました。でも、どこも採用してくれなかったんです」

彼女が大学を卒業したころは、不況の真《ま》っ只中《ただなか》だったはず。ましてマスコミや出版業界となれば志望者が多くて、競争相手もかなりいたのではないか。そう簡単に就《つ》けるような業種ではあるまい。

（真面目で一所懸命にやりそうな子なんだけどな）

それだけの長所で就職できるほど、甘くはなかったということだ。

「わたし、今の編集部で、大学時代にアルバイトをしていたんです。通っていた大学のある街のタウン誌で、時給は安かったんですけど、将来そういう仕事をしたかったから勉強になるかと思って。まあ、ほとんど雑用だったんですけど」

「じゃあ、生まれ育った地元っていうわけじゃないんだ」

「はい。実家は東《ひがし》東京です。大学を卒業してから独立して、今の職場の近くにアパートを借りました」

　萌恵は冷や酒を口に運び、ひと口飲んで喉を潤した。

「それで、話を戻しますけど、就職が決まらないまま卒業が近づいて、わたしがかなり焦《あせ》っていたときに、今の編集長からウチで働かないかって声をかけられたんです。それまで勤めていたひとがひとり辞める予定で、空きができるからって。わたし、これが最後のチャンスなんだって感じて、是非やらせてくださいって返事をしました」

　そこまで話してから、彼女がふうと息をつく。今の職場に就職したことを後悔しているのかと思えば、案の定だった。

「最初の頃は、頑張って仕事をしてました。いえ、今だって頑張っています。記事とは関係のない、広告のスポンサー取りの仕事だって。ただ、ここ二年、ううん、三年ぐらい、このままでいいんだろうかっていう思いが、ずっと付きまとっているんです。本当にこれがやりたい仕事なのかって」

もともとは大手が志望だったようであるし、ミニコミ誌の記者でいることに不満があるのだろう。その気持ちは、まったく異なる職種の聡志にも理解できた。

「わたし、もうすぐ三十歳になるんです」

萌恵が唐突に年齢を打ち明ける。今は二十九歳。最初の見立てそのままだったから、聡志は小さくうなずいた。

(そっか。年齢的な焦りもあるんだな)

結婚も含めた将来のことを決めなければならない時期であり、そういう意味でも思うところがあるのではないか。

「だから余計に、今の仕事を続けることに意味があるのかって考えてしまうんです。本当にやりたいことがあるんじゃないかって――」

そう言って、萌恵はかぶりを振った。

「いえ、やりたいことはわかっているんです。ただ、そっちにいけないもどかしさがあるから、ますます焦るんです」

「そっちっていうのは、新聞社や大手の出版社?」

「新聞記者は諦《あきら》めています。あれは若いときからしっかり経験を積まないと駄目だと思うから。でも、出版社はわりあいに自由がきくっていう話を聞いたので、あちこちに名刺を配ったり、わたしの書いたものを送ったりしてるんです。社員になれなくても、フリーでもいいから雇ってもらえないかって。だけど、全然レスポンスがなくて……」

やるせなさげに目を伏《ふ》せた彼女に、聡志は何を言えばいいのかわからなかった。

そのうち結果が出るなんて慰《なぐさ》めの言葉は、田舎の役場職員でしかない自分が口にしても、まったく説得力がない。間が持たず、ビールのジョッキに口をつけたところで、萌恵が縋《すが》る眼差しを向けてきた。

「だからわたし、出来島さんのことを知りたくなったんです」

「え、おれのことが？」

「はい。いったいどんな気持ちで仕事をされているのかと思って。今回東京にいらしたのも、何か思うところがあったんじゃないかなって、勝手に想像してたんです」

要は、同じように小さなところで仕事をしている者同士、相通ずるものがあるのではないかと考えたのか。もしかしたら、他にやりたいことがあるのに何もできず、燻《くすぶ》っているのではないかと。

ただ、明らかに萌恵と異なる点は、聡志は自身の仕事に迷いなど感じていないところである。すべての仕事にやり甲斐《がい》を持っているわけではなく、義務感のみで遂行《すいこう》している部分もあるのだが。

ともあれ、ふたりの違いについては、彼女も理解しているらしい。

「だけど、お話を聞いたら、出来島さんはわたしみたいに、他にやりたいことがあって気持ちが浮《うわ》ついているわけじゃなくて、ご自分の仕事を全《まっと》うしているんですよね。そのことがわかったら、わたしは自分が間違っている気がしてきたんです。単に今の仕事とか、境遇から逃げようとしているだけなんじゃないのかって……ただ甘えているだけのように思えてきたんです」

「いや、そんなことはないでしょう」

「だって、わたしは今の職場で、本当に満足のいく仕事をやり遂《と》げてないんです。いえ、やろうともしていないんです。ここは自分の居場所じゃないって、ずっと拗《す》ねていたんです。さっき、頑張って仕事をしてるって言いましたけど、それはかたちだけのことで、気持ちはずっと他のところにあったんです」

萌恵の告白に、聡志の胸はチクッと痛んだ。

（いや……それはおれも同じだよ——）

自分だって、何か確固とした目標とか、強い意志があって今の仕事に就いたのではない。村で仕事を探すとなると、選択肢は著しく限られている。安定を求めるには、公務員しかなかったのだ。

たしかに仕事そのものは頑張っている。だが、それは今の身分を守るためだ。もしも他に条件のいい仕事があれば、迷いもなくそちらに移るだろう。

(ようするに、その程度のことなんだよな)

彼女に興味を持たれるのに値《あたい》する人間ではない。そもそも、仕事に対する誇《ほこ》りすら持っていないのだから。

その証拠に、秋川に対して劣等感を抱いたではないか。自らの仕事に自信と誇りを持っているのなら、かつての同級生がどこで何をやっていようとも、何ら卑下《ひげ》する必要はないはずだ。

そう考えると、無償で汗を流している梨花が、一番立派かもしれない。たとえ成果は認められなくとも。

「だから、わたしは出来島さんのことが知りたくなったんです。最初からそういうつもりで、柴栗山村のテントにお邪魔したわけじゃないんですけど、お話を聞いているうちに、わたしとどこが違うんだろうっていう疑問が強くなったんです」

言われて、ふと思う。萌恵が今日のイベントに訪れたのは、地方に住む人間の心境を知りたかったからではないのか。

東京生まれ東京育ち。業界の中心でバリバリやることを夢見ていたのに、彼女はそこからはずれたところで燻っている。

だからこそ、中央に出ないで地方に暮らすひとびとが、何を人生の目標にしているのか知りたくなったのではないだろうか。まあ、単に記事になりそうだからというのが、理由かもしれないが。

「……違いなんてないと思うよ」

聡志が答えると、萌恵は「え？」と戸惑った顔を見せた。

「おれだって、これがやりたいみたいな、何かがあるわけじゃなくて、ただ、その日その日の仕事をこなしてるだけなんだよ。今回の上京だって、正直、仕方なくやってる部分が大きいし」

「……そうなんですか？」

「たぶん、一番頑張ってるのは、しばグリくんに入ってる船戸さんだよ」

この切り返しに、一瞬きょとんとした萌恵が、プッと吹き出す。あの珍妙なゆるキャラの姿を思い出したのか。

「あー、そうですね。たしかに船戸さんは、しばグリくんに成り切ってましたもんね」

納得したふうにうなずいた彼女の表情から、深刻な色が消えていた。笑ったことで、いくらか気が楽になったようである。

「それに、そうやって真面目に考えてる立見さんも、立派だと思うよ。おれなんかは、何も考えずにやってきたようなものだもの」

「何もってことはないんじゃないですか？」

「いや、本当に。だから、立見さんの話を聞いて、自分が恥ずかしくなったぐらいだもの。今まで何をやってたのかなって」

「そんな……わたしなんて」

萌恵が恥ずかしそうに俯《うつむ》く。ただ、迷いが払拭《ふっしょく》されたわけではなく、顔をあげると真剣な面持ちを見せた。

「わたし、これからどうしたらいいんでしょうか。今の仕事を頑張って続けるのか、それとも、やりたいことを諦めないで、認められるように努力するべきなのか」

アドバイスを求められ、聡志は返答に窮《きゅう》した。彼女よりもいちおう年上だが、そんな立場にないという思いがやはり強かったのだ。

けれど、縋るような眼差しで見つめられ、何も言わないわけにはいかなくなる。

「おれなんかは今の仕事が精一杯で、他にできることなんてないけれど、でも、立見さんは自分の進みたい方向があるんだから、アプローチを続ければいいんじゃないのかな。もちろん、タウン誌の仕事も続けたほうがいいと思うけど」

「続けていれば、うまくいくんでしょうか……？」

「それはおれにもわからないよ。だけど、よく言うじゃない。何もしないで後悔するよりも、全力でやって失敗するほうがずっとマシだって。おれもそう思う」

「はい……そうですね」

萌恵がうなずく。その瞳に、新たな決意が浮かんでいるように見えた。

あとは特に深刻な話もなく、ふたりは食事と会話を愉《たの》しんだ。聡志は村のことを話し、彼女からは今住んでいる地元のことを教えてもらった。

そうして、すっかり打ち解け合い、その店で三時間近くも過ごしたのである。

「あー、こんなに楽しいお酒って久しぶり。本当に今日はありがとうございました」

「いや、おれのほうこそ」

「わたしが誘ったんですから、ここはわたしが払いますね」

萌恵はそう言ったものの、さんざん飲み食いしたのにそれでは心苦しい。

「そういうのはよくないよ。おれも払うから」

是が非でもと申し出て、結局割り勘ということになった。

「すみません。貴重な時間を割いていただいたのに、気を遣わせてしまって」

店を出てから、彼女が申し訳なさそうに頭をさげる。

「いや、どうせ暇《ひま》だったんだから。それに、東京に来てから飲みに出ることもなかったし、色んな話が聞けて楽しかったよ」

「だったらいいんですけど」

いくぶん安堵《あんど》した表情を見せた萌恵であったが、何かを思いついたふうに両手をぱちんと合わせた。

「あ、まだ時間ありますか？」

「え？　ああ、だいじょうぶだけど」

「じゃあ、もう一軒お付き合いしてもらえませんか？」

まだ飲み足りないのだろうか。聡志のほうは、普段からそう飲むほうではなかったが、付き合う程度なら差《さ》し支《つか》えない。

だが、そのときすぐに快諾《かいだく》したのは、上目づかいのお願いが可愛くて、不覚にもときめいたからだ。

「いいよ。どこにでも付き合うから」

「わあ、ありがとうございます」

嬉しそうに白い歯をこぼした彼女に、聡志は胸をはずませた。

3

十数分後――。

ふたりはラブホテルの一室にいた。誘ったのは、もちろん萌恵である。

てっきり飲み屋に入るのかと思っていた。ところが、飲食店の並ぶところから離れた路地に入った彼女が、ひと目でそれとわかる建物に入ったものだから、聡志は焦った。

（たしかにどこでも付き合うとは言ったけど、さすがにここは――）

会ったその日に抱きあうなんて軽薄すぎる。さりとて、ひとりで行かせたら女性に恥をかかせることになると、急いであとを追ったのだ。

もしかしたら、静かなところで飲みたいからと、ここに入ったのか。ラブホテルにもお酒ぐらいあるはずだから。

そうとも考えたけれど、部屋に入ってベッドのそばまで進んだ萌恵が振り返り、思い詰めた眼差しで見つめてくる。聡志は、目的がそんなことではないと悟《さと》った。

「……あの、いつもこんなふうに男のひとを誘ってるなんて、思わないでくださいね」

生真面目な顔で告げられ、「うん」とうなずく。ふしだらな女性でないことは、言われずともわかっていた。

「でも、わたしだって女ですから……ときにはひと恋しくなることもあるんです。それから、強く抱きしめられたくなることも――」

さすがに恥ずかしくなったのか、萌恵が目を伏せる。それまでになかった色気が感じられ、聡志の胸は鼓動を速めた。

（これからのことに不安もあるんだろうし、男に縋りたくなったのかもしれない）

ただ、彼女から求められているとわかり、息苦しさも覚える。そのため、訊かなくてもいいことを口にしてしまった。

「あの――立見さん、彼氏は？」

訊ねてから、余計なことをと顔をしかめる。しかし、萌恵は少しも気にした様子ではなかった。

「いません。大学時代には同い年の子と付き合ってましたけど、就職してからはずっとひとりです」

あっさり答えたところをみると、本当にそうなのだろう。

「そっか……おれと同じだ」

聡志はつい同調した。

「え、出来島さんも?」

萌恵は意外だという顔を見せたものの、どこか安心したふうでもあった。それなら誰にも気兼ねする必要がないと思ったのではないか。

「似たもの同士なんですね、わたしたち……だったら、いいですよね」

共感を込めた誘いに、聡志の心は完全に囚《とら》われてしまった。

女性のほうから求めてきたのである。男としては拒む道理はない。むしろ、こんなところまで来て断わったら、彼女を傷つけることになる。

それに、萌恵は恋人関係になることを望んでいるわけではない。これからも東京で頑張っていくのであり、田舎から来ている男と今後も付き合っていきたいなどと考えてはいないはず。要は後腐《あとくさ》れなく抱きあえるのだ。

だが、そういう都合のいい理由づけ以上に、聡志が彼女の求めに応じる気になったのは、秋川と人妻の逢い引きが脳裏に浮かんだからだ。

(あいつだって愉しんでいるんだ。おれだって——)

ひとときのアバンチュールに耽《ふけ》ったところで、バチは当たるまい。そして、ここは故郷ではなく東京。旅の恥は掻《か》き捨てだ。

だが、そこまで考えたところで、萌恵に対して失礼であると気づく。

（そんな理由で抱くなんて、どうかしてるよ……）

迷いもなくここに入ったようでも、彼女は相応に勇気を振《ふ》り絞《しぼ》ったに違いない。それに、男に縋りたくなるほどの、不安と寂しさにかられているのだ。

求められたということは、信頼されているということ。ならば、少しでも元気づけてあげたいと思ったとき、萌恵がすっと前に出た。

「出来島さん――」

潤んだ瞳で見つめられ、聡志は反射的に柔《やわ》らかなからだを抱き寄せた。

「あ……」

小さな声が洩《も》れたものの、抵抗はない。逆に、背中に腕をまわし、ギュッとしがみついてきた。

そんな愛らしい反応を示されれば、もっと親密になりたくなる。髪から漂う甘い香りにも幻惑されそうだ。

萌恵が顔を上げるなり、聡志は唇を重ねた。

「ンふ」

彼女の熱い息が、重なった唇の隙間からこぼれる。唇はふにっとして柔らかく、聡志は久しぶりの感触にうっとりとなった。

（おれ、キスしてるんだ——）

大学時代の恋人と別れて以来である。

地元では仮初《かりそ》めの関係を結べるような女性などいなかったし、いたとしてもひと目があるから不可能だ。何しろ、空間的には広いけれど、ひとびとの繋がりに関しては著しく狭い社会なのだから。もちろん風俗もない。

萌恵のほうは独りになってからも、こんなふうにひと夜の繋がりを求めたことがあるのではないか。ただ、見た目《た》そのままに真面目な性格であるから、頻繁ではなかったろう。それに、彼女の信頼に足る男も、そうそう現れなかったに違いない。

舌を差し入れると、萌恵が自らのものを怖《お》ず怖《お》ずと絡《から》めてくれる。吐息も唾液も甘く、ほんのりとアルコールの風味が残っていた。

どのぐらいくちづけを交わしていただろうか。全身が熱くなるのを覚え、聡志は唇をはずした。彼女も同じなのか、頬が上気して赤く染まっている。目もトロンとして、焦点を失っていた。

三十路《みそじ》前の色気が匂い立つよう。十年ぶり以上にもなる異性とのふれあいに、聡志の昂《こう》奮《ふん》はマックスにまで高まった。

「立見さん——」

理性が消し飛ぶ。柔らかなからだを引きずるようにして進み、ベッドに倒れ込んだ。

「キャッ」

悲鳴があがる。萌恵はさすがに抵抗する素振りを示したものの、聡志が即座に唇を奪ったことでおとなしくなった。

「むぅ……」

強《こわ》ばっていた肢体から力が抜け、好きにしてと言わんばかりにぐんにゃりとなる。それをいいことに、聡志はさっき以上に深く舌を絡ませ、歯の裏まで辿《たど》った。

重なった口許《くちもと》が濡《ぬ》れるほどの、激しいくちづけ。こぼれた唾液が乾き、そこにふたりの呼吸もあわさって、いつしか生々しい匂いを発しだす。

それもまた、牡《おす》の劣情を高める。聡志は手を彼女の下半身へとのばし、ワンピースの裾《すそ》をたくし上げた。

ストッキングを穿《は》いていないナマ脚に触れる。見なくても肉づきのよさがわかる太腿《ふともも》は、柔らかくてスベスベだ。撫《な》で回さずにいられない。

萌恵はわずかに身じろぎしたものの、男の手から逃れようとはしなかった。そもそもセックスをするつもりで、男をラブホテルに誘ったのである。この程度のことでうろたえるはずがない。

それをいいことに、手を内腿へと侵入させる。

そちらも肌のなめらかさは一緒であったが、いくぶんしっとりしていた。汗をかいたのだろう。気が昂《たかぶ》っている証拠だ。

そして、付け根部分に触れてみれば、秘められた部分を守る下着も、中心部分が熱く湿っていた。

（濡れてる――）

たった今こうなったというふうではない。あるいはホテルに向かっているときから、男と抱き合う場面を想像し、淫靡《いんび》な蜜をこぼしていたのか。

聡志のほうも勃起していた。ズボンの前を大きく突《つ》っ張《ぱ》らせる分身は、早くも欲望の先汁を洩らしている。亀頭に張《は》りつくブリーフの裏地が、ひんやりと冷たかった。

互いに性器を濡らした男と女。それは交わりの合図でもある。

（もっと濡らしたい）

女芯の形状を探るように指を這《は》わせると、艶腰がピクンと跳《は》ねる。

「ンふっ」

悩ましげな喘《あえ》ぎが唇の隙間からこぼれる。秘唇が蜜をこぼしているのを知られて恥ずかしいのか、萌恵は聡志の唇を貪《むさぼ》り、強く吸った。

さらに感じさせてあげるべく、指を恥裂に喰《く》い込ませる。敏感な部位を狙ってこすると、彼女の鼻息がせわしなくなった。

「むふぅ、う——むうう」

腰がいやらしくくねる。服がシワになることも気にならないふうだ。

だったらと、クロッチの脇から指を内側にすべり込ませる。

ぬるっ——。

肉の裂《さ》け目に触れるなり、恥蜜が指先に絡む。それは温かく、粘《ねば》っこかった。

(ああ、こんなに……)

欲情の証《あか》しを直《じか》に感じて、胸が震える。真面目に生き方を考えている彼女が、ここまでしとどになっていることが信じ難くもあり、それでいて妙に昂奮させられる。

(見たい——)

濡れた秘苑を目でも確認したい。募《つの》る思いに抗《あらが》えず、聡志はくちづけをほどいた。

「はあー」

萌恵が大きく息を吐く。キスだけで昇りつめてしまったかのように、表情を淫《みだ》らに蕩《とろ》けさせていた。

身を起こすと、ワンピースの裾が大きく乱れ、太腿があらわになっている。聡志はナマ唾を飲みながら、彼女の下半身へと移動した。

ワンピースをさらにめくりあげれば、清楚《せいそ》な白いパンティがあらわになる。いかにも真面目な女性らしい下穿きも、むっちりした腰を包む様は、エロチック以外の何ものでもない。おまけに、股間に喰い込むクロッチには、コイン大のいびつな濡れジミが浮かんでいたのだ。

そこから酸《す》っぱみを含んだ匂いがたち昇ってくる。牡を狂《くる》わせる媚香《びこう》に頭がクラクラするのを覚えつつ、聡志は白い下着に両手をかけた。

引き下ろすと、萌恵は控《ひか》えめにヒップを浮かせて協力してくれる。受け入れる心の準備はできているようだ。着衣のまますぐに身を重ねても、強ばりを自ら握って導いてくれるだろう。

しかし、直《ただ》ちに交わるつもりはない、その前に是が非でも確かめたいことがあった。

女らしい美脚をすべり下りるあいだにパンティは裏返り、秘唇に密着していた部分を男に見せつける。そこは全体に黄色っぽくなっており、白っぽい粘液が女陰のかたちにべっとりと付着していた。

女性でもこんなに下着を汚すものなのか。しかも、見るからにおしゃれで清潔そうで、真面目なひとであっても。

だが、そのギャップに昂奮させられたのも事実だ。

秘められたところはどんなふうになっているのか。まだぬくもりのある薄物を爪先《つまさき》から抜き取ると、聡志は彼女の膝《ひざ》を大きく離した。そのあいだにからだを入れ、明かりの下に晒《さら》された中心部を覗き込む。

「ああ……」

萌恵が恥じらいをあらわに嘆き、両手で顔を覆《おお》う。色めいた腰がやるせなさげにわなないた。

（これが――）

聡志の目は、公にすることが許されない秘苑に釘付《くぎづ》けとなった。

デルタゾーンに逆毛立つヘアは色が淡《あわ》く、繁茂する場所も恥丘に限られている。あいだに地肌が見えるし、かなり薄いほうではないか。そのため、性器部分をしっかり観察することができた。

ほんのりと赤みを帯びた肌を左右に分ける恥割れから、二枚の花弁《かべん》がぴったりと合わさって顔を覗かせる。はみ出しは小さい。全体に清らかな眺《なが》めであった。

（……あいつのは、もっと色が濃かったよな）

比較の対象になるのはかつての恋人や、ネットで目にする無修正画像の女陰たちだ。そのどれよりも、萌恵のものは綺麗だと感じた。

それでいて、むわむわと漂ってくる秘臭は、けっこうキツい。ぬくめたヨーグルトに海産物の干物をまぶしたみたいな、いささかケモノっぽい匂いだ。

なのに、胸が壊れそうにドキドキして、ずっと嗅いでいたい気分にさせられるのはなぜだろう。

（洗ってないと、こんな匂いなのか）

思い出すのは、秋川に素のままの秘部をねぶられていた、美貌の人妻。羞恥《しゅうち》に嘆く彼女に昂奮させられながら、その部分がいったいどんな臭気を発しているのかと気になった。

だからこそ、シャワーを浴びる前に、正直な恥臭を確認したかったのだ。

萌恵のこれが、あの人妻と同じ匂いであるとは限らない。ただ、人妻のものも、似たようになまめかしいのは間違いあるまい。

そして、クロッチの裏地の痕跡《こんせき》と同じく、生々しければ生々しいほど、昂奮させられるのである。

「うう……そんなに見ないで」

萌恵が顔を覆ったままなじる。ありのままの秘臭を嗅がれているとは、思ってもいないようだ。

もちろんこれだけで終わらせるつもりはない。まだ味わっていないからだ。

こちらの意図を悟られないよう、聡志は素早く行動に移した。

「さわってもいい？」

訊ねても返事はない。だが、拒まなかったのを了解と解釈し、両手の親指を大陰唇に添《そ》える。ぷにぷにしたそれを左右にくつろげれば、花弁が剝《は》がれて粘膜恥帯が現れた。

「ああ……」

思わず声が洩れる。ヌメついたピンク色の淵《ふち》は、内臓のようですらある。なのに、たまらなく綺麗だと感じた。チーズに似たかぐわしい女臭が、ふわっと香ったからかもしれない。

もはや悠長に観察することなど不可能。聡志は辛抱たまらず、媚臭を放つ女芯にむしゃぶりついた。

ぢゅぱッ——。

派手な吸い音を立てるなり、艶腰がビクンと跳ね躍る。

「イヤッ！」

悲鳴があがり、内腿が頭を強く挟み込む。しかし、すでに手遅れだ。忙しく律動する舌で恥割れ内をねぶられ、浮きあがったヒップが痙攣《けいれん》する。

「あ、あ、くうう」

萌恵の声は、どこか苦しげであった。

舌に絡む恥蜜は、わずかにしょっぱかった。彼女は飲んでいるときに、二回ほどトイレに立ったから、オシッコの拭《ふ》き残しがあったのかもしれない。薄い秘毛のところにも、ほんのりと磯《いそ》くささが感じられた。

そういう飾り気のないところに、どうしようもなく心を奪われてしまう。

「い、イヤぁ、あ――ダメなのぉ」

どうにか逃れようと、彼女が下半身を暴れさせる。けれど、聡志に両腿をがっちりと抱え込まれ、どうすることもできなくなった。

「そ、そこ……あああ、よ、汚れてるんですぅ」

やはり洗っていない性器を舐《な》められることに抵抗があるようだ。そして、その部分が正直な臭気を発していることにも、今さら気がついたらしい。

「ううう、く、くさくないの？」

涙声での問いかけに、聡志は舌を派手に躍らせることで応えた。なぜなら、汚れているともくさいとも思わなかったからだ。

　ピチャピチャ……。

　粘っこい蜜にまみれた粘膜ばかりか、敏感な肉芽も狙って責める。

「ああ、あ、ダメぇ」

　三十路前の女は腰をくねらせ、「イヤイヤ」と抗った。だが、クンニリングスを続けられ、次第に抵抗が薄らぐ。

「あ、あ、くうう……」

　代わりに、艶《つや》めいた呻きをこぼすようになった。

　三分も舐め続けるうちに、匂いも味もあらかたなくなってしまう。女芯一帯は唾液の匂いを漂わせるようになった。

（もっと嗅ぎたいのに――）

　彼女の有りのままが知りたい、暴きたいという欲求がふくらむ。

　羞恥が大きすぎたためだろう、手足をピクピクと震わせながらも、萌恵はぐったりとなっている。軽く昇りつめたのかもしれない。

　ならばと、からだを折りたたむように両脚を掲げ、ヒップを上向きにさせた。

　ふっくらした丸みが割れて谷底を晒し、ピンク色のアヌスがまる見えになる。排泄《はいせつ》口とは信じられない可憐《かれん》な眺めに胸をときめかせながら、聡志はその部分にも鼻を寄せた。

そこは蒸れたふうな酸っぱい汗の匂いがあるだけで、期待したような恥ずかしい臭気はなかった。用を足した後も、洗浄器付きのトイレでしっかり洗っているようだ。

だが、もしかしたら性器以上に恥ずかしい器官を目の当《ま》たりにし、胸の鼓動が高鳴る。

かつての恋人にクンニリングスをしたときにもアヌスを見たはずだが、当時は少しも興味を持たなかった。おそらく若かったからだろう。

それだけ年を取ったのかと自虐的なことを考えつつ、ヒクヒクと収縮する愛らしいツボミを、聡志はひと舐めした。

「ひ――」

萌恵が息を吸い込むような声を洩らす。しかし、何をされたのかすぐにはわからなかったようで、抵抗されることはなかった。

けれど、続けてチロチロと舐めくすぐられることで、さすがに黙っていられなくなったようだ。

「ちょ、ちょっと、そこは――」

尻の谷をすぼめ、脚を戻そうとしたものの、聡志はそれを許さなかった。しつこく舐め続け、彼女に悩ましげな声をあげさせる。

「いやぁ、く、くすぐったいー」

萌恵は秘肛をキツく引き絞り、膝から下をじたばたさせた。もっとも、ただくすぐったいだけではなさそうだ。いくらかは、あやしい感覚を得ていたのではないか。

間もなく、切なげな喘ぎ声がこぼれだす。

「あ……あふ、ふむぅうう」

内腿を攣《つ》りそうにわななかせ、臀部《でんぶ》に筋肉の浅いへこみをこしらえる。見ると、いつの間にか恥割れの狭間に、白っぽい蜜汁が溢れんばかりに溜《た》まっていた。

(おしりの穴を舐められて感じたのか？)

ここまで顕著《けんちょ》な反応を示すとは思ってもみなかったから、聡志は驚いた。だが、ヒクつく女陰が再び淫靡なヨーグルト臭を漂わせている。蒸れた熱気すら感じられ、発情しているのは明らかだ。

(なんていやらしいんだ！)

自らの進むべき道で迷い、真剣に悩んでいる真面目な女性が、おしりの穴を舐められて秘部をしとどに濡らしているなんて。

けれど、それで彼女を軽蔑《けいべつ》することはなかった。むしろ、正直な反応を見せてくれたことが嬉しい。

聡志は再び華芯に戻ると、今にもこぼれそうな愛液をぢゅぢゅッとすすった。

「あああぁッ」

萌恵が甲高い嬌声《きょうせい》をほとばしらせ、釣《つ》り上げられた魚みたいに全身を跳ね躍らせる。

恥蜜はほんのり甘く、粘つきを増していた。それで喉を潤してから、今度はクリトリスをターゲットにする。

包皮を剝《む》くと、裾に白いものをこびりつかせたピンク色の真珠が現れた。酸味の強いチーズ臭が、鼻奥をツンと刺激する。

(これ、恥垢だよな)

女性にもこういうものがあるのかと、新たな発見に昂奮が高まる。もちろん嫌悪など覚えることなく、剝き身の秘核に嬉々として吸いついた。

「あ、あ、あ、そこ——くううう、か、感じすぎるぅ」

敏感なポイントを直舐めされ、萌恵が喜悦《きえつ》の声を張りあげる。ふくらんで硬くなった肉芽を舌先ではじくと、ヒップが何度も浮きあがっては落ちた。

「いやあああ、そ、そんなにされたら……あああ、い、イッちゃうからぁ」

あられもなく上昇を訴える彼女は、丁寧な言葉遣いをする余裕を完全になくしてしまったようだ。快感にすべてを支配され、汗ばんでしっとりした内腿で男の頭を挟むぐらいしかできないでいる。

（もうすぐイキそうだぞ）

恋人をクンニリングスで絶頂させたときのことを思い返し、ひたすら一点集中で秘核をねぶり続ける。その甲斐あって、萌恵は順調に悦楽の階段を昇っていった。

「あ、あ、イク――」

腰のはずみ具合が大きくなる。女芯の発熱も最高潮を迎えようとしていた。

（よし、イッちゃえ）

クリトリスをついばむように吸いたてると、悦《よろこ》びが一気にはじける。

「あああああ、イクイク、い――イッちゃうううぅぅぅッ！」

アクメ声をほとばしらせた萌恵が、のけ反って総身を強ばらせる。ピクピクと痙攣してから、脱力してベッドに沈み込んだ。

「くはっ、は、はあ……」

あとは呼吸を荒ぶらせ、ぐったりしてオルガスムスの余韻《よいん》に漂う。

（イッたんだ……）

ひと仕事やり遂げた気分で、聡志は息をついた。

目の前の秘苑は、最初に目にした可憐な佇《たたず》まいとは違っていた。濡れて赤みを増し、ほころんだ秘割れからは、腫《は》れぼったくなった花弁を大きくはみ出させる。それはハートのかたちに開いていた。

唾液と愛液の混じった生々しい匂いが漂う。聡志はそこにもう一度くちづけ、名残《なごり》を惜《お》しんでねろりと舐めた。

「イヤッ」

萌恵が悲鳴をあげ、横臥《おうが》してからだを丸める。絶頂後で過敏になっていたところを刺激され、じっとしていられなかったらしい。

まるまるとした臀部が、こちらに向けられている。エロチックな光景に、聡志は股間の分身を脈打たせた。

多量に溢れたカウパー腺液で、ブリーフの裏地が濡れている。それがペニスに張りついて、妙に居心地が悪かった。

4

ふたりでバスルームに入り、シャワーを浴びる。

まだエクスタシーの余韻が続いているのか、萌恵は心ここにあらずというふうにボーッとしていた。服を脱ぐのも、聡志に手伝われてやっとという感じだったのである。

それでも、ぬるめのシャワーを肩からかけてあげると、ようやく我に返った。

「あ――」

そばにいる聡志に気がつき、慌てて乳房を両腕で庇《かば》う。ふくらみはBカップ程度だが、かたちのよいそこをしっかり見られたあとだというのに。

「だいじょうぶ？」

声をかけると、いちおううなずく。だが、何をされたのか思い出したらしく、横目で睨んできた。

「出来島さんが、あんなにエッチなひとだなんて思いませんでした」

洗っていない秘部を暴かれたことを、かなり根に持っているようだ。それから、アヌスを舐められたことも。

「ごめん……」

聡志は素直に謝った。自身の欲望のままに振る舞い、たしかにやり過ぎたかもしれないと反省したのである。

おまけに、そうなった原因は、かつての同級生と人妻の密会を覗き見たことにあるのだ。その点も後ろめたかった。

萌恵はすぐに怒りを引っ込めてくれたようで、眉をひそめながらも、《しょうがないわね》というふうにため息をついた。

「だけど……イヤじゃなかったんですか？」

「え、何が？」

「だって、すごく汚れてたし、匂いだって――」

やはりそのことが心配なのだ。取材などで一日動き回ったあとだから、気にかかるのも当然だろう。

「そんなふうには感じなかったよ。立見さんのアソコ、すごく綺麗だったし、魅力的だったもの。匂いだって女の子らしくて、素敵だったよ」

感じたままを正直に答えると、彼女はうろたえたふうに視線をはずした。妙なところを褒められて、ますます恥ずかしくなったのだろう。

「……ひょっとして、別れた彼女にも同じことをしてたんですか？」

当てつけるみたいに、責める口調で訊ねる。もともとそういう趣味があったのではないかと、疑っているらしい。

「彼女のアソコを舐めたのかってこと？」

「えと、シャワーを浴びる前に」

「いや、いつもシャワーを浴びたあとだったよ」

「だったら、どうして――」

「それだけ立見さんのが可愛くって、我慢できなかったんだよ」

いやらしい匂いに昂奮させられたからだとは、さすがに言えなかった。それでも、萌恵は半信半疑の様子ながら、納得してくれたようだ。

「アソコなんて、可愛いはずないじゃないですか……」

ブツブツこぼしながら、ふくれっ面をしてみせる。そんなところもチャーミングだ。

そのとき、彼女の目が下半身に注《そそ》がれる。屹立《きつりつ》する牡器官を認め、焦りを浮かべた。

「や、やだ。もう勃ってたんですか？」

ストレートな質問をしてから、はしたないと気づいたらしく口をつぐむ。けれど、見開かれた目はペニスに注がれたままだった。

「さっきから、ずっとこうなってたよ。それだけ立見さんが魅力的なんだもの。しょうがないよ」

「うー」

羞恥に腰をモジモジさせながらも、萌恵はあることに気がついたようだ。

「え、そこって、もう洗ったんですか？」

バスルームに入ってすぐ、聡志は股間をボディソープで洗ったのだ。赤く腫れた亀頭は、そのために艶光っていた。

「うん」

「そんなの、ずるいじゃないですか」

「え、どうして？」

「だって、わたしは洗ってないアソコとかおしりとか、さんざん舐められたのに、出来島さんだけさっさと綺麗にしちゃうなんて」

洗っていないペニスをしゃぶりたかったわけではないのだろう。自分ばかりが辱められて、お返しできないことが悔しいに違いない。

そうと理解しつつ、聡志が返答に窮していると、彼女は不機嫌をあらわに膝をついた。上向きにそそり立つ肉根に、ためらうことなく指を巻きつける。

「うう」

快さが体幹を貫き、聡志は腰を震わせて呻いた。

「すごく硬い……」

ため息交じりにつぶやき、萌恵が手を上下させる。もう一方の手を垂《た》れさがった陰嚢《いんのう》に添え、すりすりと撫でることまでしてくれた。

「ああ、くぅ」

悦びがふくれあがり、膝がカクカクと笑う。

かつての恋人は手の愛撫《あいぶ》もフェラチオもしてくれたけれど、牡の急所に触れることはなかった。そこを愛撫されるのは初めてで、くすぐったくも気持ちいい。ペニスをしごかれながら撫でられると、すぐにでも射精してしまいそうだ。

「う——立見さん」

焦って呼びかけると、彼女は上目づかいで見つめてきた。男が愉悦に悶えているのを認め、満足そうに口許をほころばせる。

「気持ちいいですか？」

「うん、すごく」

「だったら、もっとイイコトしてあげますね」

萌恵が膝立ちで伸びあがる。もしやと思う間もなく、ふくらみきった頭部を躊躇《ちゅうちょ》なく口に入れた。

「あああ」

敏感な粘膜に舌をねっとりと絡みつけられ、聡志は崩れそうに膝をわななかせた。

「ん……ンふ」

萌恵は小鼻をふくらませ、熱心に吸茎する。頭を前後に振り、すぼめた唇で筒肉を摩擦した。それも、舌をしっかりと絡みつかせながら。

ぢゅ……ちゅぷ。

口許から卑猥《ひわい》な水音がこぼれる。

(立見さんが……フェラチオをしてる)

しゃぶられるのが初めてなわけでもないのに、目がくらむほど感じてしまう。今日会ったばかりの女性に口淫奉仕されることが、それだけ信じ難かったからだ。

頬をへこませたフェラ顔は、生真面目な素の容貌と比較するためか、やけに淫らである。もちろんそそられもしたのであるが、おかげで爆発を堪えることが困難になった。

(うう、気持ちよすぎる)

立っているのがやっとなほど。おまけに、亀頭をピチャピチャとしゃぶりながら、彼女がまた玉袋を愛撫しだしたのだ。

「くうううぅぅ」

倍加した悦びに抗い、尻の穴を引き絞る。オルガスムスの瞬間は刻一刻と迫り、もはや忍耐も限界だ。

「ちょ、ちょっと、立見さん――」

腰をよじって呼びかけると、彼女は漲《みなぎ》りから口をはずしてくれた。

「どうかしたんですか?」

小首をかしげられ、イキそうになったとは言えなくなる。早すぎるし、みっともない気がしたのだ。

「いや……えと——」

しかし、言葉を濁《にご》すと、それで理解したらしい。

「ああ、イッちゃいそうなんですね」

無邪気《むじゃき》に言われて、聡志は頬が熱くなるのを覚えた。

「う、うん……」

「だったら、一度ここで出しちゃいませんか? わたし、精液が飛ぶところを見たいんですけど」

「え、精液——」

予想もしなかったお願いに、聡志は面喰らった。

「アレ——白いのがオチンチンの先っぽからピュッピュッてほとばしるところを見るの、大好きなんです。なんか、生命の神秘って感じがして」

これまで数え切れないぐらい射精しているが、神秘的だなんて感じたことは一度もない。けれど、女性のほうはそんなふうに感じるのだろうか。

もっとも、以前付き合った恋人は、一度も射精を見たがったりしなかった。ちゃんとコンドームを装着してであるが、中で射精しないと承知しなかった。手や口でイカせたりせず、あくまでもセックスを求めたのである。

「だけど、前の彼氏は恥ずかしがって、あまり見せてくれなかったんです」

萌恵が不満そうに口を尖《とが》らせる。行為の流れでそういうことになったのならともかく、改めて見せてと言われたら、たしかに恥ずかしいだろう。実際、今も求められて、聡志は臆《おく》していた。

とは言え、洗っていない秘部を舐めて辱めたから、拒むこともできない。

「ね、見てていいですか?」

「う、うん……」

「心配しなくてもだいじょうぶですよ。あとでまたフェラして、ちゃんと大きくしてあげますから」

萎《な》えても再びしゃぶって、勃起させてくれるというのか。最後までする意志はあるようだ。あるいは、このままだと挿入してすぐに果てるかもしれず、それでは愉しめないと考えたのかもしれない。

ともあれ、そこまで言われたら、頼みを受け入れざるを得ない。

「うん、いいよ」

「それじゃ、いっぱい出してくださいね」

萌恵が手をリズミカルに上下させる。上昇に転じた分身が、蕩ける悦びにまみれた。爆発するのは時間の問題だ。

「あ、いいの？　かかっちゃうよ」

このままほとばしらせたら、彼女の胸元をザーメンで汚してしまう。勢いよく飛んだら、顔にだってかかるかもしれない。

しかし、震える声で警告しても、萌恵は手コキをやめなかった。

「平気ですよ。シャワーで流せばいいんですから」

裸だから後始末は簡単ということか。だったらいいかと、聡志は悦楽の流れに身を任せた。カウパー腺液がクチュクチュと泡立つのを耳にしながら。

間もなく、終末が迫ってくる。

「あ、あ、いくよ」

告げると、手の動きが速まる。下腹にめり込みそうに持ちあがった陰嚢も、揉《も》むように愛撫された。

「ううう、で、出る」

全身が歓喜で包まれる。頭の芯《しん》が絞られる感覚に続いて、熱い滾《たぎ》りがペニスの中心を駆け抜けた。

びゅるんッ――。

牡のエキスが放たれる。最初の飛沫《ひまつ》は重みがあったためかそれほど飛ばず、放物線を描いて萌恵の太腿に落ちた。

だが、次の二陣、三陣は真《ま》っ直《す》ぐに飛び、彼女の鎖骨《さこつ》や顎《あご》に降りかかった。それは白い肌を伝い、淫らな模様を描く。

「あ、すごい。出た出た」

精液をかけられても、萌恵は少しも怯《ひる》まなかった。無邪気に喜び、手を動かし続ける。急所もヤワヤワと揉まれ、聡志は最後の一滴まで気持ちよく射精することができた。

「あ、はぁ――ハァ……」

息が荒ぶる。よろけそうになりながらも、壁に手をついてどうにか持ち堪《こた》える。

萌恵が指の輪を根元からくびれまで往復させ、尿道に残ったぶんを搾《しぼ》り取った。白濁液が鈴割れからトロリとこぼれたところで、そこにふっくらした唇が押しつけられる。

（え？）

さすがに驚いたものの、チュウと強く吸われて腰が砕《くだ》ける。青くさい白濁液で汚された年下の女は、亀頭を口に入れるとピチャピチャと舐め転がした。

「くはぁ、あ、ちょっと——」

射精後で過敏になった粘膜をねぶられ、聡志は腰をよじって悶えた。ようやく彼女がペニスを解放してくれたときには、息も絶え絶えであった。

「いっぱい出ましたね。溜まってたんですか?」

萌恵が笑顔で露骨《ろこつ》な台詞を口にする。聡志は答えることなどできず、その場に坐り込んでしまった。

5

ベッドに戻り、素《す》っ裸《ぱだか》で抱きあう。くちづけを交わし、シャワーのあとでしっとり潤った柔肌を撫でるだけで、海綿体が血液を集めだした。

そこに、たおやかな指が絡みつく。

「……大きくなってきましたね」

唇をはずした萌恵が、恥じらいの笑みを浮かべる。緩やかにしごき、六割ほどの勃起に導いてから、上半身を起こした。

「じゃ、舐めますね」

仰向《あおむ》けになった聡志の横に膝をつき、身を屈《かが》める。はらりと垂れた髪を耳にかけると、手にした肉根を頰張った。

「ああ……」

快さが染《し》み渡るように広がる。聡志は胸を大きく上下させ、与えられる悦びにどっぷりとひたった。

温かな中に含まれ、舌をねっとりと絡みつかされるペニスは、ぐんぐん伸びあがった。充血してふくらみ、女の喉を突きあげる。

だが、完全勃起には至らない。九割がた膨張《ぼうちょう》したものの、残り一割ぶん、海綿体に隙があった。これは多量に放出した影響なのか。

萌恵もそれはわかっていたらしい。フェラチオをやめることなく、熱心にしゃぶる。陰嚢も揉み撫でてくれた。

（無理なのかな……）

聡志は焦ってきた。

このままでも挿入できないことはないけれど、中途半端なままコトに及ぶと、途中でダメになりそうな気がする。何しろ久しぶりのセックスなのだ。中折れなどしたら、男としての自信を失うことにもなりかねない。

仮に次のチャンスがあるというのなら、もう少し余裕を持てたであろう。しかし、これが彼女との、最初で最後の情事になるはず。だからこそ焦っていたのだ。

そのせいで、勃起が七割がたまで後退する。

萌恵がペニスを口から出す。唾液に濡れたものをしごきながら、すまなそうに見つめてきた。

「ごめんなさい……さっき、わたしがいっぱい出させちゃったから」

たしかにあれが原因かもしれない。けれど、そんなふうに謝られると、かえって心苦しかった。

何とかしなければと思ったとき、不意に突破口を見出す。

「立見さん、おれの上に乗ってよ。おしりを向けて」

「え？」

「いっしょに舐めあえば、そこも元気になると思うからさ」

彼女が頬を赤らめ、焦りを浮かべる。シックスナインを求められていると、すぐに理解したらしい。

「で、でも」

「駄目?」

「ていうか……わたし、そういうのってしたことがないんです」

牡の前に羞恥帯すべてをさらけ出すわけである。求められたのは初めてではないのだろうが、やはり抵抗があったのではないか。

だが、そうと知って、ますますしてもらいたくなる。

「気にすることはないよ。だって、おれはもう、立見さんの恥ずかしいところを、全部見ちゃったんだから。おしりの穴まで」

「そ、そういうことじゃなくって」

萌恵が泣きそうに目を潤ませる。ほぼ四つん這いというポーズにも恥辱《ちじょく》を覚えるのかもしれない。ひょっとしたら、セックスも正常位しかしないのだとか。

「ね、お願いだから。おれ、立見さんとちゃんと最後までしたいんだよ」

頼み込むと、彼女は渋々《しぶしぶ》ながら折れた。自分が射精を見たがったせいだという、負い目があったからだろう。

「あ、あんまり見ないでくださいね」

涙目で懇願《こんがん》しつつ、萌恵が逆向きになって胸を跨《また》ぐ。丸まるとしたヒップが目の前に迫り、聡志の胸ははずんだ。

（ああ、素敵だ）

ボリュームのある双丘は、今にも落っこちてきそうに重たげだ。見るからにぷりぷりで、よく熟れた桃という風情《ふぜい》。

そのとき、なまめかしい媚臭が鼻先をふわっとかすめる。

（え？）

あらわに開かれた女芯部を目にして、聡志は驚いた。ほころびかけた秘割れが、透明な蜜でべっとりと濡れていたのである。

そこはさっき、バスルームで丁寧に清められたはず。なのに、もう欲望の牝汁《めす》をこぼしているなんて。フェラチオをしながら、ここまで昂ったというのか。

「立見さんの、すごく濡れてるね」

感動を込めて告げると、萌恵が「やあん」と嘆く。ふっくらした臀部をすぼめ、モジモジと揺すった。

「だ、だからイヤだったのにぃ」

シックスナインをためらったのは、濡れた秘部を見られたくなかったからなのだ。ホテルに入ったときもクロッチが湿っていたし、もともと濡れやすいようだ。おしゃぶりをするあいだにそこが潤うのを、自覚していたのだろう。

「素敵だ。すごくエッチな匂いがする」

「や、ヤダ、嗅がないでください」

「それは無理だよ」

聡志は豊臀を両手で摑むと、自らのほうに引き寄せた。

「キャッ」

悲鳴があがり、柔らかな丸みが顔面に重みをかける。牡を幻惑させるかぐわしさが、鼻腔に充満した。

「いやあ、ば、バカぁ」

萌恵が涙声でなじり、半勃ちのペニスをギュッと握る。それも快かったけれど、熟れごろヒップとの密着が、牡の劣情を高めていた。

(ああ、すごい)

女芯で口許を完全に塞《ふさ》がれているのに、少しも苦しくない。むしろ、ずっとこうして窒息感にひたっていたかった。たとえ酸素不足で命を落とすことになっても、笑顔であの世に逝《い》けたであろう。

そう確信するなり、股間に欲望が満ちる。一気になだれ込んだ血流が、海綿体を限界以上に充血させた。

「え、すごい」

勢いよくそそり立った牡器官に、萌恵が驚きの声をあげる。これで目的は果たせたわけであり、すぐに交わってもよかったのである。

だが、濃厚な女くささに陶然《とうぜん》となっていた聡志は、この状態を直ちに解く気になれなかった。せっかくのフェロモンを、心ゆくまで堪能しなくては勿体ない。

ぢゅぱッ——。

恥割れに溜まっていた蜜汁をすすると、尻の谷がキュッと閉じる。

「ああ、イヤぁ」

熟れ腰がくねり、舌を差し込まれた女陰がせわしなくすぼまった。

無遠慮なクンニリングスに、女はフェラチオで対抗した。屹立を口内の奥深くまで咥《くわ》え込み、チュパチュパと卑猥な舌鼓を打つ。そのあと、真下の急所や、汗じみた鼠蹊部《そけいぶ》にまで舌を這わせた。

縮《ちぢ》れ毛の生えた玉袋までねぶられて、聡志はいっそう燃えあがった。尻の谷底に鎮座《ちんざ》するアヌスを舐めくすぐり、クリトリスを吸いたてる。口戯の対抗戦は、まさにデッドヒートの様相を呈《てい》した。

萌恵のねちっこい肉棒しゃぶりに、聡志が爆発せずに済んだのは、クンニリングスに集中していたからであろう。もう一度絶頂させるつもりで、舌を律動させていたのだ。

ただ、どうやら彼女も、それは同じだったらしい。ふたりとも性感が高い位置で推移していたが、互いにイカせることはできなかった。

そして、いよいよ我慢できなくなった萌恵が、はち切れそうな肉勃起を口から出す。

「ね、これ、挿れて」

そそり立つものをゆるゆるとしごきながら、はしたないおねだりをした。

聡志もそれに異存はなかった。このまま舐め続けても、終末に至りそうになかったからだ。

それに、やはりもっと深く交わりたい。

萌恵が離れ、ベッドに仰向けで横たわる。聡志はその上に身を重ねた。最初に想像したとおり、年下の女は牡の漲りを握ると、中心に導いてくれた。

「こ、ここに」

亀頭が触れた恥苑は温かく濡れ、牡を求めて息吹いているようである。おそらく、やすやすと結合が果たせるであろう。

「このまま挿れてもだいじょうぶ?」

ゴム製品を着けなくていいのかと心配したのであるが、彼女は首を横に振った。

「はい、平気です。あと、気持ちよくなったら、中でまたいっぱい出してください」

今日は安全日らしい。だったらと、聡志は腰を沈み込ませた。

「あ、あ、入ってくるぅ」

萌恵が首を反らし、体軀《たいく》をわななかせる。両脚を掲げ、牡の腰に巻きつけた。もっと深く挿れてと求めるみたいに。

「くああ――」

聡志はのけ反って悦びに喘いだ。

予想通り、ペニスは抵抗を受けることなく、女体の奥深くまで侵入した。ふたりの陰部が重なるなり、女膣がキュウッとすぼまる。

（入った……）

快感と感動が交ざりあってふくれあがる。聡志は快さにひたり、腰をブルッと震わせた。

久しぶりに味わう膣感触。久しぶりの充足感。セックスとは、なんて気持ちいいのだろう。

「はあ……」

萌恵が大きく息をつく。こちらも久しぶりに男を迎えたというふうに、うっとりした面持ちだ。

だが、閉じていた瞼《まぶた》を上げ、聡志とまともに目が合うなり、彼女は狼狽《ろうばい》した。

「や、ヤン」

頬を赤らめ、目を泳がせる。

「え、どうしたの？」

訊ねると、横を向いてクスンと鼻をすすった。

「だって……なんだか恥ずかしい」

しっかりと結ばれているのに、そんなことを言うなんて。今さら照れくさくなったのだろうか。

けれど、唐突な恥じらいがやけに可愛らしくて、聡志はときめいた。

「立見さん――」

「え？」

こちらを向いた彼女の唇を、出し抜けに奪う。

「ンぅ」

その瞬間は身を強ばらせた萌恵であったが、聡志にしがみついてくちづけに応えた。舌をニュルニュルと絡みつかせ、温かな唾液を与えあう。

唇を交わしながら、聡志はそっと腰を引き、再び戻した。ゆっくりした抽送が、次第に速度を増す。

ちゅ……ピチャ。

交わる性器が、淫らな濡れ音をたてた。

「ん……んふぅ」

萌恵は息をはずませ、腰をくねらせた。明らかに感じているふうながらもキスを続けたのは、見つめ合うのが恥ずかしかったからであろう。

それでも、呼吸が難しくなったらしく、とうとう唇をほどく。

「ふはぁ」

大きく息をつき、悩ましげに眉根を寄せた。

「すごく気持ちいいよ、立見さんの中」

「いやぁ」

恥ずかしがりながらも、愉悦の喘ぎをこぼす彼女は、真面目な顔立ちが色っぽく蕩《とろ》けていた。

ピストン運動がリズミカルになる。出し挿れされるペニスはヌルヌルした蜜にまみれ、熱く火照《ほて》る女芯を泡立てた。

「あ――わ、わたし、よくなりそう」

萌恵が息づかいを荒くし、オルガスムスが近いことを告げる。

「いいよ、よくなって」

まだ余裕がある聡志は、力強いブロウを繰り出した。蜜壺を深々と抉《えぐ》り、膣奥を勢いよく突く。

「あ、あ、イッちゃう――イクイクイク、く……ふぅううぅーッ！」

嬌声がラブホテルの一室に響き渡った。

第三章　憧れの先輩

1

代々木公園でのイベントの二日目。今日も天候に恵まれ、日曜日ということもあって人出は昨日以上だ。

（とにかく少しでも売って、持ち帰るぶんを少なくしなくっちゃ——）

聡志は張り切っていた。昨日までの投げやりな気分が嘘のように。

それはきっと、萌恵と濃密なひとときを過ごしたおかげだろう。

《イッちゃった——》

耳に声が蘇《よみがえ》る。聡志に貫《つらぬ》かれて絶頂した萌恵が、歓喜の余韻《よいん》にひたって気怠《けだる》げにつぶやいたのだ。

そのとき、ペニスは彼女の中で、猛々《たけだけ》しさを保っていた。オルガスムスの波が完全に引いていない女体を、聡志は休ませることなくそのまま責め苛《さいな》んだ。

『いやぁ、あ、い、イッたばかりなのにぃ』

容赦のないピストンに、萌恵は涙をこぼして身悶《みもだ》えた。性感が再び上昇に転じ、全身をはずませて二度目の——クンニリングスでイカされたぶんも含めれば三度目の——エクスタシーへと追い込まれる。

『あ、あ、またイッちゃふぅううーっ!』

結局、続けざまに三度昇りつめたあと、牡《おす》のほとばしりを膣奥に浴《あ》びたのである。

バスルームで互いのからだを洗いあっているとき、

『ありがとう……』

萌恵がポツリと礼を述べた。

『え?』

『わたし、明日から、また頑張れそうです。出来島さんのおかげで』

特別なことをしたつもりなどなかったから、聡志は戸惑《とまど》った。だが、今夜の会話や悦楽のひとときが、前に進むきっかけになったのかもしれないと思い直す。おそらく彼女は、背中を押してもらいたかったのだろう。

『いや、おれのほうこそ、立見さんに元気をもらったんだよ。明日の最終日、しっかり頑張れそうな気がする。本当にありがとう』

礼を述べると、萌恵は照れくさそうにほほ笑んだ。

ところが、不意にモジモジして、濡《ぬ》れた裸身を両腕で庇《かば》う。ふたりとも素《す》っ裸《ぱだか》でいることに、今さら羞恥《しゅうち》を覚えたのかもしれない。

そんな彼女が可愛らしくて、聡志は抱きしめてキスしたのだ。

（――そうさ。頑張らなくっちゃ）

明日には帰らなければならない。今日が本当の最終日。村の特産品を売る最後のチャンスだ。

聡志は目の前を歩くひとびとに向かって、声の限り呼びかけた。

「さあ、いらっしゃい。こちらにあるのは、柴栗山村の特産品です。民芸品もありますよ。是非立ち寄ってください」

その隣で、しばグリくんも「きゃふふーン」と奇声をあげる。熱意が通じたのか、昨日よりも多くのひとが、こちらに注目していると感じられた。

手応えを感じて、さらに大きな声を出す。

「どうぞ見ていってください。こちら、柴栗山村の特産品です！」

——その日の夕方。

昨日よりは売上があったものの、全体で見ればかんばしくない結果であった。

(こんなに余るなんて……)

この一週間で売れたのは、持ってきたうちの二割にも満たない。最初から期待していなかったとはいえ、ここまでひどいとは。

(これ、全部持ち帰るのか……)

ワゴン車に売れ残りの段ボール箱を積みながら、聡志は著《いちじる》しい疲労感にまみれた。一日ほぼ立ちっぱなしでいたのであるが、肉体よりも精神的な疲れが大きい。撤収作業は、上司の野元も手伝ってくれた。そして、上京したときとほぼ変わらぬ量の荷物を見て、

「さて、どうするかな……」

と、考え込むようにしてつぶやく。

(今さらそんなことを言っても遅いよ)

聡志は心の中で不平を述べた。だったら、最初からもっと販売に協力してくれたらよかったのだ。

もっとも、そうしたところで良い結果など望めなかったであろう。やはりイベントへの参加自体が失敗だったとしか思えない。

（――いや、おれの努力が足りなかったのかも）

初日から今日みたいに頑張っていれば、もう少し何とかなったのではないか。

明日の朝に東京を出発し、夕方前には村に着くだろう。村長がいれば結果の報告をして、大目玉を食うに違いない。そのことを考えると、気が重かった。

そのとき、携帯に着信がある。秋川からだった。

『イベントは終わったんだろ？』

「ああ……」

『首尾はどうだったんだ？』

「訊《き》かずもがなだよ」

『ま、そうだろうな』

電話の向こうで、秋川がニヤニヤしているのがわかる。そういう声音《こわね》だった。

『だったら、今夜は打ち上げで飲もうぜ』

「ん……ああ、そうだな」

『今、代々木公園だろ？　新宿で待ち合わせようぜ。何時に来られる？』

「ええと、一度ホテルに車を戻さなくちゃいけないから……一時間半後かな」

『了解。じゃあ、東口のアルタ前な』

通話を切ってから、聡志は訊《たず》ね忘れたことがあるのに気がついた。

（そう言えば、会わせたいひとがいるって言ってたよな。誰だろう？）

考えたところでわかるはずがない。それに、どうせあとではっきりするのだ。

人妻との痴態を覗《のぞ》き見たせいもあり、秋川に対する印象はいっそう悪くなっていた。ただでさえ苦手なタイプなのに、女にだらしないことを知って、ますます付き合いたくないという気持ちが高まった。おそらくそれは、劣等感《れっとう》に加えて妬《ねた》ましさも募《つの》ったからだ。

もしも萌恵とのことがなかったら、今の誘いも断わっていただろう。だが、魅力的な年下の女性と肉体を交わしたことで、自分だって満更でもないと思えた。

おかげで、劣等感や妬ましさが薄らぎ、旧交を温める気になれたのである。まあ、かなり単純な心境の変化であることは否《いな》めない。

「じゃ、車のほうは頼むぞ」

野元に声をかけられ、聡志は「はい」と返事をした。それから、

「あ、このあと秋川と飲むんですけど、ごいっしょにいかがですか？」

と、いちおう誘ってみる。ふたりだけだと気詰まりになりそうでもあったからだ。

「いや、おれは行くところがあるからいいよ」

野元はあっさり断わり、

「ご苦労だったな。楽しんでくるといい」

珍しくねぎらいの言葉をかけてくれた。

2

秋川と入った店は、ごく普通の大衆居酒屋だった。

昨日、萌恵と入った店とは異なり、安いだけが売りの騒がしい店だ。まあ、男同士で飲むぶんにはいいだろう。静かな個室では、かえって気まずくなる。

それに、傾聴に値する話など、ひとつもなかったのだから。

話していたのは、もっぱら秋川であった。それも、東京に出てからの体験談――という名目の自慢話を。

「まあ、東京に出て十五年、仕事に就《つ》いて十年以上経つわけだろ。それなりの成果がなきゃ嘘《うそ》なわけだよ」

などと、仕事での成功談に始まり、あとは付き合った女、ひと夜限りの女、女の口説き方、人妻の落とし方などを得意げに語る。ほとんど女絡《がら》みで、さすがに名前こそ出さなかったものの、今回のイベントでモノにした女たちのことも打ち明けた。案の定、春子と設楽夫人以外にも、毒牙《どくが》にかかった人妻がいたようだ。

「チャンスがあったらヤリたいって思ってる女がごまんといるんだよ。おれは彼女たちの願いを叶えてるんだ。まあ、ボランティアみたいなものさ」

「へえ……」

「出来島って、彼女はいるのか?」

「いや、今はいないけど」

「だったら、余計に遊ばなくっちゃ。束縛するものがないんだからさ。今のうちだぜ、好きなことができるのは」

「ん……」

「まあ、でも、あの村にずっといるんじゃ無理かな。女ったって、農家のババアぐらいしかいないし」

聡志はいちおう相槌《あいづち》を打っていた。正直、不快でたまらなかったけれど、その内心を悟《さと》られたら、嫉妬《しっと》しているととられそうな気がした。だから表面上は、感心しているフリをしたのである。

（好きなこと、か……）

昨日の萌恵も似たようなことを言っていた。自分が本当にやりたいことをするには、どうすればいいのかと。

だが、彼女と秋川では、その姿勢に雲泥《うんでい》の差がある。いっそ月とスッポン。まったくの別物と言ってもいい。

「そう言えば、根岸《ねぎし》って地元に残ってるんだっけ？」

秋川は時おり、旧友や村の様子などを訊ね、聡志に話す機会を与えた。そのくせ、こちらの言うことには少しも興味を示さず、あからさまにつまらなそうな顔を見せた。おまけに、言葉尻を捉《とら》えては、また自慢話を始めたのである。

（ようするに、自分がしゃべりたいだけなんだよな）

どれだけ仕事ができるか、どれだけ女にもてるのかということを。

それがわかってからは、話を振られても早々に切り上げ、気が済むまで彼に語らせることにした。この不愉快な時間が少しでも早く終わることを願いつつ、アルコールで気分を紛《まぎ》らせた。

ところが、こちらが話の腰を折らないのをいいことに、秋川は延々としゃべり続ける。それも時間が経つほどにくだらなく、聞くに堪《た》えないものになった。

「あれだよな、指の中でいちばん重要なのは、中指だよな」

などと、品のないことを恥ずかしげもなく口にする。いよいよ顔を突き合わせていることがつらくなった。

(会わせたいひとがいるっていうのも、ひょっとしたら嘘だったのかも)

そういう口実なら付き合うだろうと、騙《だま》したのかもしれない。とにかく、その件だけ確認しようと、聡志は話が途切れたのを見計らって訊ねた。

「ところで、会わせたいひとがいるって言ったよな。それって誰のことなんだ?」

「え?」

秋川がきょとんとした顔を見せる。やっぱり出任せだったのかと腹が立ったとき、彼はようやく思い出したというふうに「ああ」とうなずいた。

「そうそう、すっかり忘れてたぜ」

腕時計を確認し、「よし、開いてるな」と独《ひと》り言を口にする。

「じゃ、次に行こうぜ」

「え、次って?」

「いいひとがいるところだよ」

思わせぶりなニヤニヤ笑いを浮かべた秋川に、また嫌悪感を覚える。けれど、誰なのか気になったのも確かだ。

「じゃ、ここはおれが払っとくから」

伝票を手にした元同級生に、聡志は「ああ、悪いな」と返した。不愉快な話を延々と聞かされたのだ。そのぐらいしてもらわないと割に合わない。

すると、彼は眉《まゆ》をひそめ、不満をあらわにした。割り勘にしようとこちらが申し出るのを期待していたようだ。だが、聡志は知らんぷりを決め込んだ。

通りへ出ると、秋川はタクシーを拾った。

「銀座《ぎんざ》三丁目まで」

先に乗り込むと、慣れた口調で運転手に告げる。

（え、銀座？）

聡志は訝《いぶか》り、続いて不安を覚えた。

生まれてからずっと地方住まいの聡志には、銀座というと高級なクラブやバーの並ぶ歓楽街というイメージしかない。そして、ひとたび店に入れば何万円、何十万円と払わねばならない、庶民には無縁の場所であると思っていた。

（まさか、おれが今のところで払わなかったから、仕返しに高い店に入って、金を使わせようっていうんじゃ——）

そういうことをやりかねないと思うほど、聡志は秋川に不信感を抱《いだ》いていた。会わせたいという人間が大したことのない人物だったら、さっさと帰ろうと心に決めた。

銀座の交差点でタクシーを降り、路地に入る。すでに何度も来ているらしく、同じようなビルの建ち並ぶところを、秋川は迷いもなくすたすたと歩いた。

「どこか店に入るのか？」

金銭的な面で不安になって訊ねると、秋川は振り返りもせず「そうだよ」と答えた。

「銀座って高いんだよな？」

つい本音を口にしてしまうと、チラッとだけ視線を後ろに向ける。

「昔はともかく、今の銀座はそうでもないさ。チャージだけで万札が飛ぶような高級店は経営が成り立たなくなっているし、こんなところにも不景気の影響が出てるんだよな」

もの知りぶった口調には、田舎《いなか》出身の劣等感など微塵《みじん》もない。生まれたときから東京に住んでいるかのようだ。ここまで自信に満ちた態度を見せられると、あきれるのを通り越して感心してしまう。

もっとも、こちらが現役の田舎者だから、彼は尊大に振る舞っているのかもしれないが。

そのあたりは想像していたようなネオン街ではなく、どこか物寂しい感じすらあった。

これも不況の影響なのか、あるいは、もともと銀座はこういうふうだったのか、この地を訪れるのが初めての聡志にはわからない。

ただ、下卑《げび》た雰囲気がないぶん、やっぱり高級な場所なのかと心配になった。

「ここだよ」

そう言って、秋川が古びたビルを指差す。二階への階段へ通じる入り口に、白い看板があった。いかにも高級クラブという雰囲気のそれには、「愛羅《あいら》」と書かれていた。

（やっぱり高い店なんじゃないのかな……）

こちらの不安をよそに、秋川は迷いもなく階段を上がる。聡志は慌ててついていった。

黒服の男が迎える薄暗い店内。ボックス席では、綺麗《きれい》に着飾った女たちが待ち構えている——。

聡志の脳裏に浮かんだのは、テレビか何かで見たような、ありきたりなイメージであった。しかし、ドアを開けて入れば、店内は意外と明るい。内装も調度品もごく普通のスナックというふうであったから、拍子抜けした。

「いらっしゃい」

出迎えてくれたのは、スーツ姿の若い女であった。

スーツとは言っても、ＯＬが着るようなものとは異なる。明るい色合いで、いかにも水商売ふうだ。

それに、タイトスカートもかなり短い。肌色のストッキングを穿《は》いた太腿《ふともも》が、半分以上も見えていた。

今日は日曜日だからか、他にお客はいない。それほど広くない店内は、カウンターの他にボックス席が三つあり、その中のひとつに聡志たちは案内された。

「今日も坂崎《さかざき》さんのボトル？」

若いホステスの問いかけに、秋川は「うん、頼むよ」と答えた。

「坂崎さん、こないだボヤいてたわよ。ボトルがすぐになくなるって」

「おれを連れてきたのが運の尽きだよ」

「そんなこと言っていいの？ 職場の先輩なのに」

彼女は笑顔でたしなめつつ、カウンターからウイスキーのボトルとグラス、それから氷と水も運んできた。

どうやら秋川は、知り合いのボトルでいつも飲んでいるらしい。それもたびたび。いかにも彼らしいと、聡志はあきれた。

「はい、おしぼり」

「ありがと。マミさんは？」

　秋川がおしぼりで手を拭《ふ》きながら訊ねる。店内にはスーツの女の他、カウンターの中に和服姿の女性がいた。四十代と思《おぼ》しき、熟《う》れた色気を感じさせる彼女が、この店のママなのだろう。

「お客様を迎えに行ってるの。もうすぐ帰ってくると思うわ」

「え、同伴？」

「じゃなくて、さっき電話があったの。近くで飲んでるんだけど、場所がわからないから迎えに来てほしいって」

「なんだそりゃ？」

「そのひと、この店には二回来ただけなのよ。いつも酔ってたから、道順を憶《おぼ》えてないみたい」

　あきれたふうに肩をすくめた若いホステスが、聡志の顔を見て首をかしげる。

「こちらの方、初めてですよね？」

「ああ、おれの中学の同級生で、出来島っていうんだ」

　紹介され、聡志はペコリと頭をさげた。

「初めまして。わたし、愛羅の沙紀《さき》と申します」

　彼女がポケットから名刺を取り出す。そこには苗字《みようじ》のない名前の下に、店名と電話番号が印字されていた。

「あ、出来島聡志です」

いちおうフルネームを名乗ったものの、こちらも名刺を渡すべきかと聡志は迷った。役職や、役場の住所と電話番号も入った、公的なものだからだ。

萌恵のように取材で会った記者ならいざ知らず、プライベートで訪れた飲食店の女性に渡すべきものではない。穿《うが》った見方かもしれないが、悪用される恐れもある。

聡志は知らぬふりをしてやり過ごそうとした。ところが、

「あの、名刺をいただけますか？」

沙紀に求められてしまった。

「ああ、すみません。今は持ってないんです」

聡志は咄嗟《とっさ》に嘘をついた。すると、彼女がスマートフォンを手にする。

「だったら、メアドを教えていただけますか？」

要は連絡先を知りたいわけか。そのぐらいならいいかと携帯を出しかけたものの、

「こいつのアドレスなんか訊いても無駄だよ」

秋川が口を挟《はさ》んだ。

「え、どうして？」

「こいつは田舎から東京に出て来て、明日には帰るんだ。銀座に来ることなんて二度とないし、営業メールを送っても無駄だよ。まあ、真面目《まじめ》なやつだから、返事ぐらいは寄越《よこ》すだろうけど」

「でも――」

沙紀は何か言いかけたものの、お金にならない客だと見限ったのか、スマートフォンをしまった。

「それより、酒を頼むよ」

「あ、ごめんなさい。ええと、出来島さんも水割り？」

「ああ、はい」

聡志と秋川は、壁際のソファーに並んで坐《すわ》っていた。彼女はその向かいで四角いスツールに腰かけ、慣れた手つきで水割りを作る。

膝《ひざ》はきちんと揃《そろ》えられていたけれど、何しろスカートが短すぎるのだ。付け根近くまであらわになった太腿の、奥まで見えそうだ。

思わずその部分を凝視しかけた聡志であったが、初めて来た店で失礼すぎると目を逸《そ》らした。

隣の秋川を窺《うかが》えば、唇の端に笑みを浮かべ、若いホステスの下半身に視線を注《そそ》いでいた。あるいは下着が見えているのだろうか。

　そんなところを目撃して、聡志は軽く落ち込んだ。いちおう目を逸らしたものの、彼と同じことをしようとしたのである。

（まったく、男ってやつは……）

　自分も同じ穴の狢《むじな》というわけか。秋川を嘲《あざけ》る資格などないのかもしれない。

　そのとき、ふと気がつく。

（ひょっとして、会わせたいひとっていうのはこの子なのか？）

　沙紀はなかなか可愛らしいから、紹介するつもりだとか。しかし、それならさっき彼女がアドレスを訊ねたときに、そのまま教えさせたはずだ。

（待てよ。秋川はこの子とも関係があるのかもしれないぞ）

　そして、銀座のホステスを抱いたと自慢するために、ここに連れてきたのではないか。

　それなら納得がいくなと心の中でうなずいたところで、秋川がさっき沙紀に訊ねたことを思い出す。

（そう言えば、マミさんがどうとか——）

　紹介したいのは、そっちの女性なのかもしれない。しかし、マミという名前に憶えはなかった。

いったい誰と会わせたいのだろう。秋川に訊ねたかったけれど、沙紀がいるから話題にしづらい。

「はい、どうぞ」

水割りが目の前のコースターに置かれる。聡志は「あ、どうも」と頭をさげた。

「わたしもいただいていいですか？」

沙紀が訊ねると、秋川が「ああ、いいよ」と了承する。一緒に水割りを飲むのかと思えば、彼女は足早にカウンターに戻り、カクテルらしき飲み物を持ってきた。

「では、かんぱーい」

彼女が明るい声でグラスを掲《かか》げる。秋川に続いて、聡志も遠慮がちにグラスをカチッと合わせた。

そして、水割りをひと口飲んだところで、来店者がある。ドアベルがカランカランと乾いた音を立てた。

「いらっしゃいませー」

沙紀が振り返り、はずんだ声で挨拶《あいさつ》をする。見れば、男三人と女性ひとりのグループだった。

「いらっしゃい、和田《わだ》さん。今日はちゃんと道順を憶えていただけました？」

カウンターのママが声をかける。どうやら彼らが、場所がわからずに迎えを頼んだという客らしい。

「いやあ、悪かったよ。次は大丈夫だから」

和田と呼ばれた中年男が、右手をあげて陽気に告《つ》げる。だが、禿《は》げあがった額も含め、顔が茹《ゆ》で蛸《だこ》みたいに真《ま》っ赤《か》だ。かなり酔っている様子だから、次も迎えが必要なのは確実だろう。

（てことは、あのひとがマミさん……）

三人の男の後ろで、どこか疲れた顔をしているのは、こちらも水商売っぽいスーツ姿の女性だ。ヒールを履《は》いているからか長身で、横顔しか見えないけれど、なかなかの美人のよう。

彼女は男たちの後ろをすり抜け、カウンターに入った。代わりに出てきたママが、三人をボックス席に案内する。

「沙紀ちゃん、こっちの席にお願い」

ママに呼ばれ、沙紀は「はーい」と返事をした。

「それじゃ、ごちそうさまでした」

若いホステスは、聡志と秋川に向かってグラスを差し出し、軽くカチッと合わせた。

「すぐにマミさんが来ると思うわ」

言い置いて、グループの席に移動する。そちらにもボトルやグラスが運ばれ、乾杯となった。

賑《にぎ》やかな会話が始まって間もなく、カウンターで何やら用事をしていた女性――マミがやってくる。

「いらっしゃい、秋川くん」

彼女は秋川に挨拶してから、聡志に顔を向けた。

「え？」

小さな声を洩《も》らすなり、表情を強《こわ》ばらせる。

「びっくりしただろ？」

秋川がニヤニヤ笑いを浮かべて言った。

マミがカウンターを出てこちらに向かってきたときから、聡志は誰であるのか気がついていた。ただ、驚きと、信じられないという思いから、声が出せなかったのだ。

（……真沙美《まさみ》先輩）

彼女は中学時代、同じ部活動で一年先輩だった、池田《いけだ》真沙美であった。

3

脳裏に懐かしい光景が蘇る。

『ほら、もっとラケットを振り切って――』

下級生を指導する、溌剌《はつらつ》とした年上の美少女。長い髪を後ろで束ねたポニーテールがよく似合う。

それが真沙美だ。

普段の練習ではジャージだが、試合のときには白いテニスウェアを着る。短いスコートから伸びる脚《あし》はすらりとしていたけれど、太腿は女らしく肉づきがよくて、間近で目にするとドキドキしたものだ。

卒業した柴栗山中学校は、当時でも全校生徒数が七十名に満たない、小さな学校だった。そのため、部活動もバレー部とソフトテニス部しかなかった。

聡志はソフトテニス部に所属していた。柴栗山中のバレー部は、毎年のように地区大会で上位に食い込むほど強かったから、練習もかなり厳しい。だから、楽なソフトテニスを選んだのである。

練習は、基本的に男女別である。テニスコートが一面しかなく、曜日を決めて順番に使用していた。コートが使えないときは、ランニングなどの体力作りや、壁打ちをした。

聡志が一年生のとき、上の学年の男子は、不真面目で素行の悪い者が多かった。そして、そういう連中は厳しいバレー部ではなく、楽なソフトテニス部に入っていた。

三年生がいたうちは、まだよかったのである。ところが、春の大会が終わって三年生が引退すると、二年生はほとんど部活に出てこなくなった。夏休み中の練習も、集まるのは一年生のみであった。

まあ、二年生たちは出てきてもふざけるばかりだったし、一年生を壁際に立たせてボールをぶつけたりと、ろくなことをしなかった。正直、いないほうがいいぐらいだったのは否めない。

さりとて、ボール拾いと素振りぐらいしかしてこなかった一年生だけで、まともな練習ができるわけがない。そんな状況を見かねたのだろう。女子の新部長になった真沙美が、聡志たち一年生を女子のところに呼び、面倒を見てくれたのである。

もっとも、そうすることで、本来なら男子がコートを使用する日に、女子も一緒に使えたわけだ。持ちつ持たれつだったとも言える。

二年生にしてレギュラーであった真沙美は、技術的な指導もしてくれた。生徒会役員も務める真面目な性格ゆえか、かなり厳しかったけれど、聡志は頑張って応えようとした。

もともと運動が得意なほうではなかったのに、汗を流して真剣に取り組んだのは、上級生の美少女に心惹かれていたからに他ならない。ひとえに、真沙美に認められたいという一心からであった。

その甲斐《かい》あって秋の新人戦では、二年生も含めた他の男子部員たちがことごとく敗退する中、個人戦で二回戦を突破したのである。入賞はできなかったけれど、初めての大会でふたつも勝つことができて、泣きたくなるほど嬉《うれ》しかった。

『すごいじゃない。頑張ったわね』

真沙美も笑顔で褒《ほ》めてくれた。聡志は慌てて目許を拭《ぬぐ》い、

『先輩のおかげです。ありがとうございました』

礼を述べ、深々と頭をさげた。そのとき、彼女のむっちりした太腿が目に入り、しばらく頭を上げることができなかったのも、甘酸《あまず》っぱい青春の思い出である。

その後、あまりの体《てい》たらくにこれではいけないと思ったのか、二年生の男子部員も真面目に練習に取り組むようになった。部活を引退した先輩からどやしつけられたためもあったらしい。また、これから最上級生になることへの自覚も出てきたようだった。

そのため、女子と一緒の練習も、真沙美から指導を受けることもなくなった。男子部員

たちがまとまったのはいいことだったが、聡志にとっては痛し痒《かゆ》しであった。

何しろ、憧れの先輩の近くにいられないのだから。

しかしながら、捨てる神あれば拾う神あり。聡志たちが二年生になると、新年度から新しく赴任した顧問教師の方針で、男女一緒の練習が頻繁に行なわれるようになった。

元顧問は生徒に任せっきりで、指導らしいことはほとんどなかった。ところが、新顧問はテニスの経験者とのことで、技術指導もかなり厳しい。部活動は楽なものではなくなった。

けれど、聡志にとっては喜ばしい変化であった。

学年が違うから、同じ場にいても真沙美と言葉を交わすことはほとんどない。それでも充分に幸せだった。

彼女の笑顔が見られるだけで、少年の胸は狂おしいほどときめいた。いいところを見せたいと、テニスの腕もぐんぐん上達した。

だが、そんな輝いた日々も、いつかは終わる。真沙美たち三年生は大会が終わると引退し、部活動の場で一緒になることはなくなった。

とは言え、何しろ小さな学校だから、顔を合わせることはたびたびあった。そんなとき、彼女は『部活頑張ってる?』と声をかけてくれたし、何も言わないときでも、ニッコりと笑いかけてくれた。

そのときの嬉しさといったら、躍《おど》り上がりたいぐらいであった。もちろん、本当にそんなことをしたら引かれるから、どうにか我慢した。

間もなく、本当の別れのときが訪れる。

三年生の卒業式で、聡志は蛍《ほたる》の光《ひかり》を歌いながら、涙を堪《こら》えることができなかった。真沙美との別れが、それだけ悲しかったのだ。彼女が村から遠く離れた、県下でも有数の進学校に入ると聞いていたから、尚《なお》さらに。

こうして、思春期の恋は脆《もろ》くも散ったのである。


（先輩が、本当に――）

目の前の、すっかり大人っぽくなった真沙美を見つめたまま、聡志は昔のことを思い出していた。

ひとつ年上だから、彼女は三十四歳のはず。大人っぽいのは当然だ。

ただ、同じ世代の女性と比べれば、かなり若く見えるのではないか。年相応の色気はもちろんあるけれど、顔立ちには中学時代の面影が残っている。

その一方で、気後れを覚えるほど垢《あか》抜けてもいた。

メイクも髪型も決まっており、まさに洗練された都会の女性というふう。背すじがピンと伸びており、姿勢にも自信が溢《あふ》れているように感じられた。

（あの頃は、けっこう日焼けしてたよな）

部活動を頑張っていたから、美少女の肌は健康的な小麦色だった。引退したあとは、それなりに白くなっていたけれど。

それに、髪型も違う。いつまでポニーテールにしていたのかはわからないが、銀座のホステスになった今は、明るく染めた髪を上品なショートカットにしている。あの頃とは違うのだと、思い知らされている気になった。

（だけど、どうしてこういう仕事をしているんだろう……？）

そのことに疑問を感じずにいられない。ホステスという仕事に偏見を抱いているつもりはなくとも、真沙美が進むべき道ではないと思えるのだ。一流企業のキャリアウーマンとして、バリバリ働いているのなら納得できるのだが。

真沙美が入学した高校は、一流大学に多くの生徒を合格させていた進学校だ。当然彼女もいい大学に入ったのだろうし、就職先だって選《よ》り取り見取りだったのではないか。少なくとも、夜の仕事に就く必要はあるまい。

それとも、真沙美ですら希望する会社に入れないほど、東京の現実は厳しいのか。

「なにボーッとしてるんだよ」

秋川に声をかけられ、聡志はようやく我に返った。

「え？　ああ……」

「なんだ、池田先輩に見とれてたのか？」

からかわれ、耳が熱くなる。言葉が何も出てこなかったので、水割りをひと口飲んで誤《ご》魔《ま》化《か》した。

「だけど、びっくりしたわ。まさか東京で出来島くんと会えるなんて」

真沙美が目を細め、じっと見つめてくる。懐かしむような眼差《まなざ》しに、聡志は息苦しさを覚えた。愛らしい美少女がすっかり綺麗になっていることにも、喜び以上に戸惑いを感じてしまう。

「でも、ひどいなあ。おれと会ったときには、名前を言ってもわからなかったのに」

秋川が不満げに口を尖《とが》らせる。中学時代は目立たない少年だったし、部活動も違っていたから、一学年上の真沙美の記憶に残っていないのは当然だ。おまけに、二十年近く経っているのだから。

「だって、出来島くんは部活の可愛い後輩だもの。忘れるはずがないわ」

可愛いという言葉に、聡志はうろたえた。それが少年時代の自分を指すと理解しつつも、とても平常心でいられなかった。

（おれ、真沙美先輩のこと、こんなに好きだったのか）

彼女が遠くへ行ってしまったあと、しばらくは悲しみを引きずっていた。けれど、それもいつか思い出に変わった。

だからこそ、高校では気になる女の子がいたし、大学時代には恋人もできたのである。もしもずっと忘れられなかったのなら、他の異性に心を奪《うば》われることなどなかったはずだ。

だが、少年時代のあの恋心こそが、唯一純粋で真剣なものだったのかもしれない。

「だったら、おれもソフトテニス部に入ればよかったな」

「秋川くんはバレー部だったんでしょ？　でも、あのときのテニス部は、けっこう大変だったのよ。ほら、わたしたちの学年の男子が荒れてたから」

「ああ、たしかに」

「そんな中で、出来島くんは頑張ってたんだもの。練習も人一倍熱心だったし。だからよく憶えてるの」

真沙美が口許をほころばせる。それは少女時代の明るく爽《さわ》やかな笑顔とは異なり、媚《こ》びているのかと感じられるほどなまめかしいものであった。

（真沙美先輩も、女になったんだな……）

自分で考えたことにドキッとする。もう三十四歳なのだから、穢《けが》れを知らなかった頃のままではない。そんなことはもちろんわかっている。

なのに、妙に生々しいことに思えたのだ。

「だけど、今はおれがここの常連なんだから、おれにサービスしてもらいたいな」

「してるじゃない。秋川くんがちゃんとついてあげてるんだし」

「だったら、フルーツでも出してくれるとか」

「秋川くんが自分のボトルを入れてくれるのなら、考えてもいいわよ」

真沙美の逆襲に、秋川は口をへの字にして肩をすくめた。

（そっか……秋川は、しょっちゅう先輩と会ってたんだな）

だからこうして気の置けないやりとりができるのか。せっかく憧れていた先輩と再会できたのに、聡志は取り残された気分であった。

そのため、ふたりの会話を耳に入れながら、黙りこくってしまったのである。ひたすら水割りをちびちびと飲むばかりで。

そんな状態がしばらく続いてから、

「ねえ、村のほうは変わりないの？」

真沙美が出し抜けに訊ねてきた。

「え？　あ、ああ、はい」

「役場に勤めてるんだよね。わたしたちの学年のひともいる？」

「ええと……住民課に松崎《まつざき》さんと、あと、教育委員会に館山《たてやま》さんが」

「館山って、久美《くみ》？」

「あ、はい」

「へえー、久美がねえ。あ、苗字が変わってないってことは、まだ独身なの？」

「いいえ。お婿《むこ》さんをもらったみたいです」

「あ、そっか。ひとりっ子だったものね。お婿さんも同級生？」

「ええと、テニス部で部長だった小寺《こでら》先輩と」

「え、小寺先輩!?」

真沙美が目を見開いて驚きをあらわにする。小寺は彼女の一年先輩で、聡志が入部したときに男子部の部長だった人物だ。

「へえー、小寺先輩とかあ……ちょっとショックだなあ」

「え、どうして」

横から秋川が口を挟む。

「わたし、小寺先輩に憧れてたんだもの。恰好良《かっこう》かったし、すごく親切で。わたし、小寺先輩からテニスのこと、いろいろ教えてもらったんだよ。ほら、顧問の山田《やまだ》先生が経験者じゃなかったから、小寺先輩が女子のほうにも来て、丁寧《ていねい》に指導してくれたの」

答えてから、真沙美は聡志に笑顔を向けた。

「だからわたしも、出来島くんたちがほっとけなくて、いっしょに練習をするようにしたのよ。あれは小寺先輩の影響なの」

その表情には、かつて想いを寄せた男を慕《した》う気持ちが溢れていた。聡志は思わず目を伏せた。

（そっか……真沙美先輩は、小寺先輩のことが――）

三年生で部長となると、一年坊主にはかなり畏れ多い存在である。言葉を交わした記憶はあまりないが、小寺はたしかに顔立ちの整《ととの》った、ひと当たりのいい人物であった。

彼の影響で、真沙美は男子部の下級生たちに親切にしたという。それはあまり歓迎したくない話であった。あの当時、ひょっとしたら自分に特別な感情を持ってくれたのではないかと期待していたからだ。

憧れの女性の目が他の男に向けられていたなんて、今さら知りたくもなかった。

過去の自分がいかに単純で、思慮《しりょ》が浅かったかを思い知らされる。聡志は落ち込み、真沙美の顔が見られなくなった。

ところが、目を伏せるなりむっちりした太腿が目に入り、胸が高鳴る。

彼女のスカートは、沙紀ほどには短くない。けれど、こうしてスツールに腰かけると、ベージュのストッキングで包まれた大腿部が三分の二もあらわになる。

それは中学時代に穿いていた、テニスのスコートと同じぐらいの長さであった。

あの頃はそこも日に焼けていた。活動的な少女らしく、鍛《きた》えられた硬さも感じられた。

今は薄いナイロン越しでも、女性らしい柔らかさが感じられる。より肉感的であり、また目を離せなくなりそうだ。

そのとき、視線を感じて顔をあげると、真沙美とまともに目が合った。彼女は訝るような眼差しで、こちらをじっと見ている。

太腿に見とれていたのがバレたのだろうか。聡志は顔がどうしようもなく熱く火照《ほて》り、ますます何も話せなくなった。


結局、愛羅には十一時ごろまでいた。

「東京に来ることがあったら、また寄ってね。待ってるから」

真沙美は階段の下まで聡志たちを見送り、笑顔で手を振ってくれた。しかし、聡志はペコリと頭をさげただけで、ろくに挨拶も返せなかった。

せっかくの再会にも、わだかまりだけが残った気がする。会わないほうがよかったのではないかとすら思えた。

「おれはもう一軒寄ってくけど、お前はどうする？」

秋川の問いかけに、聡志はかぶりを振った。

「いや……おれはいいよ。明日も早いから」

「そっか。帰り道はわかるか？」

「ああ、たぶん」

「じゃあな」

陽気な笑顔を残して去ってゆく同級生を見送り、小さなため息をつく。

はずんだ足取りからして、馴染《なじ》みの女がいる店にでも行くのだろうか。それこそ、飲んだあとでホテルにでも行くつもりだとか。

そんなことを考えて、もしやと思う。

（まさか、秋川は真沙美先輩とも――）

同郷とは言え、中学時代は接点がなかったのである。なのに、あれだけ親しげなやりとりをしていたのは、親密な関係を持ったからではないのか。

頭をもたげた疑いを、聡志はすぐに追い払った。そんなことがあるはずないと、自らに言い聞かせる。

だが、秋川とは何もなかったとして、他の客とはどうなのか。ホステスをしていれば、口説かれることもあるはず。そういうものをすべて断わっても、やっていけるような仕事なのだろうか。

（ああいう店は、とにかくお客を呼んで、繋《つな》ぎ止めなきゃいけないんだよな）

沙紀がメールアドレスを訊ねたように、地道な営業が必要なのだ。その手段として、肉体を利用することもあるのではないか。

結局のところ、真沙美との再会で抱いたわだかまりの大きな原因は、その点に尽きる。好きだった先輩が、夜の仕事をしていたことがショックだったのだ。

もちろん、秋川と親しげにしていたことや、真沙美が部活の先輩に憧れていたことにも、心穏やかでいられなかったけれど。

（変わっちゃったな、先輩……）

綺麗になったのは、彼女の上を通り過ぎていった男によってもたらされた変化ではないのか。そんなことを考えて、胸が締《し》めつけられる。やはり東京という地が、真面目で清純だった少女を変えてしまったのだ。

(――て、べつに先輩は、おれと何の関係もなかったんだから)

単なる先輩と後輩の間柄で、付き合っていたわけではない。昔のままでいてほしかったなんていうのは、身勝手な願望だ。

(……もう帰ろう)

通りに向かって歩き出したところで、携帯の着信音が鳴る。それは、さっきアドレスを交換したばかりの、真沙美からのメールだった。

【まだ近くにいる？　これからお店を出るから、よかったらいっしょに飲みましょ。銀座三丁目の交差点で待ってて】

簡潔な文章でも、そこには親しみが込められていると感じる。現金なもので、喜びの笑みがこぼれた。たった今まで抱いていたわだかまりも忘れて。

【はい。待ってます】

聡志は急いで返信した。

4

真沙美が連れていってくれたのは、小さなビルの地下にあるショットバーだった。

「仕事のあとで飲み足りないときとか、たまに来るのよ」

悪戯《いたずら》っぽい笑みを浮かべて教えてくれた彼女は、水商売のスーツではなく、白いシャツにジーンズという軽装だった。あれは店の中でのみ着ているものらしい。

シンプルな装いの真沙美はいっそう若々しく、潑剌として見えた。それこそ、ソフトテニス部で活躍していた頃のように。明るい色のショートカットも、今の恰好のほうがずっと似合う。

（やっぱり先輩は、昔のままの先輩なんだ）

そう信じられた一方で、やけに眩《まぶ》しくも感じられる。カウンターに並んで坐った聡志は、なかなか彼女を見ることができなかった。

「わたしはバレンシアにするけど、出来島くんは？」

「ああ、えと、マティーニを」

聡志は唯一知っているカクテルの名前を口にした。

「だけど、秋川くんもひとが悪いわ。いきなり出来島くんを店に連れてくるなんて。連絡してくれたら、外で会ったのに」

真沙美が不満を口にする。そうすると、あそこで働いていることを知られたくなかったのだろうか。

（やっぱり後ろめたいのかな？）

あるいは、あれこれ勘繰《かんぐ》られたくないのか。たとえば、お客との肉体関係などを。

またも先輩を貶《おとし》めるようなことを考えてしまう。聡志は失礼な疑念を振り払おうとしたが、なかなか消えてくれなかった。そのため、彼女があれこれ話したことも、さっぱり頭に入らなかった。

そこへ、注文したカクテルが運ばれてくる。

「じゃ、あらためて乾杯」

真沙美とグラスを軽く合わせたことで、ようやく気持ちが落ち着いた。

「それで、物産展のほうはどうだったの？　秋川くんは、さっぱり売れなかったみたいなこと言ってたけど」

その話題は、愛羅でも出たのである。

「ああ、はい。持ってきたぶんの二割ぐらいしか売れなかったです」

「たったそれだけ？　ま、でも、しょうがないか」

納得顔でうなずいたのは、村に売れるような特産品などないことを、彼女もわかっているからだろう。

「代々木公園のイベントでも駄目だったの？」

「はい。多少は売れましたけど、期待したほどじゃなかったです」

「そっか……せっかく東京まで来たのに、残念だったわね」

慰めの言葉が妙に心苦しかったのは、努力が足りなかったと感じているからだ。もっと何とかなったはずという思いが、胸の内にくすぶっていた。

「そう言えば、先輩は村に帰ることってないんですか？」

ふと思い当たって訊ねると、真沙美はなぜだか眉をひそめた。

「大学からこっちにいるけど、就職してからは帰省するのは、年に一回ぐらいだったかしら。ただ、ここ五、六年は、全然帰ってないけど」

「え、どうしてですか？」

「そりゃ――仕事が忙しいからよ」

そう答えたとき、彼女は気まずげに視線を逸らした。

(銀座でホステスをしてること、家族には黙ってるのかも)

特に根拠があったわけではないが、聡志はそう思った。

「ね、出来島くん、わたしのこと、軽蔑《けいべつ》した？」

真沙美が唐突に訊ねる。

「え、どうしてですか？」

「ああいうお店で働いてたから」

やはり夜の仕事に後ろめたさがあるようだ。

「いいえ、おれだってたまにですけど、誘われてスナックとか行くことがあります。そういう店で接客をするのだって、立派な仕事だと思います。ただ――」

「ただ？」

「先輩は、普通の会社勤めか公務員でもしていると思ってましたから、びっくりしたのは確かです」

正直に答えたつもりだったが、真沙美は探るような目で見つめてきた。

「それだけ？」

「え、それだけって？」

「出来島くん、お店でほとんどしゃべらなかったし、何か変なこと考えてるみたいに見えたから」

「変なこと……」

ひょっとしたら、秋川や店の客との関係を疑ったことを、見抜かれているのか。

（いや、あれは店を出てからだったよな）

店では中学時代の真沙美を思い出し、変わってしまったことに悩ましさを覚えたのだ。

まあ、彼女が秋川と親しげにしていたものだから、取り残された気分を味わったのは事実だが。

「べつに変なことなんて考えてないですよ。ただ、先輩と秋川が仲良くしてたから、あいだに入りづらかっただけで――」

特に当てつけるようなことを言ったつもりはなかった。ところが、真沙美の表情がみるみる険しくなったものだから、聡志は戸惑った。

「それってどういう意味？　わたしと秋川くんは、べつに何でもないのよ」

気分を害したふうに言われて面喰《めんく》らう。ふたりの仲を疑われていると受け止めたのだろうか。

ただ、関係があるのではないかと疑ったのは事実である。そのため、聡志は弁解することにためらいを覚えた。

おかげで、彼女はいっそう不機嫌になった。

「だったらいいわよ……」

つぶやくように言って、カクテルを一気に飲み干す。それから、いきなり立ちあがった。

「行きましょ」

「え、どこへですか？」

訊ねても、真沙美は答えなかった。ただ、「いいから、早く」と急《せ》かすのみ。

聡志は仕方なく、カクテルをほとんど残したまま席を立った。


タクシーに乗り、向かった先は新橋《しんばし》であった。

降りたところは、飲み屋が並ぶ界隈《かいわい》。単に飲む場所を変えただけなのかと思えば、彼女が足を踏み入れた建物には、レンタルルームという看板が出ていた。

(なんだ、ここは？)

外観からして、漫画喫茶かネットカフェのような場所なのだろうか。ところが、中に入ってみれば、個室はほとんどラブホテルのような造りであった。

違うのは狭いことと、それほど大きくないベッドには敷物も毛布もなく、ほとんどソファーと変わらないことか。宿泊のためというより、あくまでも休憩用のスペースらしい。

ただ、シャワーはいちおうあるようだ。

とは言え、こんな場所に男女で入ったということは、目的はひとつである。

「あ、あの、先輩——」

焦って声をかけると、真沙美は鋭《するど》い眼差しで振り返った。

「どうせこういう女だって思ってるんでしょ？」

「え？」

「いいわよ。お望み通りのことをしてあげる」

言い置いて、彼女はシャワールームに入った。

（どうしちゃったんだろう、真沙美先輩……）

聡志は途方に暮れた。傷つけるようなことを言ったつもりはなかったけれど、何らかの言葉が彼女の癇《かん》に障《さわ》ったらしい。

（秋川とのことを言ったら、急に怒りだしたんだよな）

もしかしたら、図星《ずぼし》を突かれたものだから気分を害したのだろうか。だとすると、やはり関係があったことになる。

そうであってほしくなかったが、やっぱりそういうことなのか。やり切れなさに包まれ、聡志はベッドに腰をおろした。

まもなく、真沙美がシャワールームから戻ってくる。

思わずナマ唾《つば》を呑《の》んだのは、雫《しずく》の光る裸身にバスタオルを巻いただけの恰好だったからだ。肩や太腿があらわで、あまりに煽《せん》情《じょう》的すぎる。ただ休憩するつもりではないのは、これで確実だ。

「先輩……」

激しい渇《かわ》きを覚え、掠《かす》れ声で呼びかけると、目の前に進んできた彼女が跪《ひざまず》く。やけに生真面目《きまじめ》な表情で、ズボンのベルトに手をかけた。

聡志は少しも動けなかった。これからの展開に期待を抱いていたからではない。何らかのアクションを起こすことで、また真沙美を傷つける気がしたのだ。

「おしりあげて」

命じられ、素直に従う。ズボンとブリーフをまとめて脱がされ、下半身があらわになった。

(ああ、見られた)

憧れだった先輩の前で、恥ずかしいところを晒《さら》しているのだ。耳と頬《ほお》が燃えるように熱かった。

そのとき、真沙美が怪訝《けげん》そうな表情を浮かべる。綺麗な指を年下の男の股間に差しのべ、力なくうな垂《だ》れていた肉器官を摘《つ》まんだ。

「う……」

くすぐったいような快美が生じ、鼻息が荒ぶる。だが、牡のシンボルは充血することなく、軟《やわ》らかなままだった。快感よりも戸惑いのほうが大きいためと、彼女がいたずらに欲望を向けられるような女性ではなかったからだ。

「出来島くん、わたしとしたいんじゃないの？」

困惑げに訊ねられ、聡志はどう答えればいいのかと迷った。ただ、行き違いを解くためにも、正直な気持ちを伝えるべきだろう。

だいたい、ペニスを見られ、さわられてもいるのだ。今さら隠すことなど何もない。

「おれ、中学のとき、ずっと先輩に憧れていたんです」

思い切って告白すると、真沙美が驚きをあらわに目を見開く。けれど、口を挟むことなく、次の言葉を待っているふうだ。

「だから、会うことができてとてもうれしかったし、もっと深い関係になりたいっていう気持ちも、正直あります」

「だったら――」

言いかけた言葉を、彼女は呑み込んだ。どうして勃起しないのか訊きたいのだと、すぐにわかった。

「でも、今のままだとできません。だって、先輩が何を考えているのかわからないから。いいえ、たぶん、おれのことを誤解してると思うから」

「誤解……」

「たしかに先輩が夜の仕事をしてたのはショックでした。それから、秋川との関係を疑ったのも事実です。だけどそれは、秋川が女性に対していい加減な男だってことがわかったからで、先輩を貶めるつもりはなかったんです。いえ、貶めたくなんかないんです。だって、先輩はおれにとって、今でも大切な存在だから」

真沙美がペニスから指をはずす。こちらを見あげる瞳が、いつの間にか濡れていた。

「……ごめんなさい」

彼女は謝ると、立ちあがって聡志の横に腰かけた。そして、やり切れなさそうにため息をつく。

「わたしが卑屈になってたのね。だから変なふうに考えちゃうんだわ」

「え？」

「あのね、こういう仕事をしていると、お客様から口説かれるのはしょっちゅうだし、中には、やらせてくれないともう来ないなんて、露骨《ろこつ》なことを言うひともいるの。それに、秋川くんも――」

「え、秋川がそんなことを言ったんですか？」

「ううん。ただ、どうせ馴染みの客にはからだを許すんだろうから、同郷のよしみですぐにＯＫしてくれって求められたし、あと、何回ぐらい通えばやらせてくれるのかって、かなりしつこく訊かれたりもしたわ。まあ、それはかなり酔ってたときだけど」

もしもその場に秋川がいたら、問答無用で殴《なぐ》りつけたに違いない。そう確信できるほど、聡志は怒りにからだを震わせた。

（あいつ、真沙美先輩にまでそんなことを――）

女と見ればセックスのことしか考えないのか。中学時代におとなしかったぶん、今になって思春期並みの欲望にかられているわけでもないだろうに。

「結局、そんな目で見られる仕事なのよ。さっき出来島くんが言ったみたいに、接客業だって立派な仕事だと思ってたけど、この頃じゃやり甲斐も誇りも持てなくなっていたわ。さっき、外にお客様を迎えに行ったときも、店に戻るまでのあいだ、さんざんいやらしいことを言われたし。もうね、本当に飲まなきゃやってられないのよ」

外から戻ったとき、彼女が疲れた顔をしていたのは、そんなことがあったからなのか。

（だけど、おれはそういう男たちとは違うんだ）

訴えようとしたものの、真沙美にじっと見つめられ、聡志は怯《ひる》んだ。

「だから、出来島くんに会えたのはとてもうれしかったんだけど、秋川くんといっしょだったじゃない。きっとあれこれ吹き込まれてるんだって思ったら、素直に喜べなくなったの。実際、出来島くんはあまり話してくれなかったし、きっとホステスなんかやってるわたしを軽蔑してるんだろうなって」

「いや、おれは――」

「それに、わたしの脚をじっと見てたじゃない」

思いもかけなかったことを指摘されて、聡志は絶句した。

「あれで、出来島くんもわたしのことをそういう目で見てるのかって、悲しくなったの。だけど、出来島くんには本当のわたしを知ってもらいたくって、お店のほうを早めに出させてもらって飲みに誘ったのよ。いろいろ話したかったから。でも、スカートじゃなかったせいで、今度はまともにわたしを見てくれなかったし……挙《あ》げ句《く》に、秋川くんと仲がいいみたいに言われたから、わたしもカッとなったの。わたしはあくまでも仕事で接客してたのに、やっぱり変なふうに考えてるのかって」

気分を害した理由はわかったものの、完全に誤解である。聡志は慌てて弁明した。

「おれ、たしかに先輩の脚を見ましたけど、あれはそういうんじゃないんです」

「え、どういうこと？」

「そりゃ、魅力を感じたのは間違いありません。だけど、先輩みたいに綺麗なひとが、あんな短いスカートを穿いていたら、ホステスをしてるしてないとか関係なく、男なら誰でも見ちゃいますよ」

真沙美が頬を赤らめて俯《うつむ》く。真顔で綺麗だと言われて、照れくさくなったらしい。

「あと、おれは中学時代の先輩を思い出していたんです」

これに、年上の女はきょとんとした顔を見せた。

「テニスの試合のとき、スコートを穿いてましたよね。あのときもおれは、先輩の脚を見てました。まだガキだったけど、すごく惹かれたんです。だから、昔の先輩と今の先輩を、つい比べちゃったんです」

「そんなところを比べられても……」

「あと、ショットバーで先輩を見られなかったのは、お店での恰好よりもずっと先輩らしく感じられて、すごく眩しかったからなんです。スカートを穿いてなかったからじゃありません。だっておれは、先輩のことが好きだったんですから」

はっきり好きだと告白し、聡志は調子に乗りすぎたかなと心配になった。なぜなら、真沙美がわずかに眉をひそめたからである。

「それって、あくまでも過去形ってこと?」

質問の意味が咄嗟《とっさ》にわからず、聡志は「え?」と訊き返した。

「わたしのことが好きだったのは、中学生のときなんでしょ? 今じゃなくって」

「いや――」

否定しようとしたものの、実際のところどうなのかと考えて口ごもる。再会して気持ちが盛りあがったのは事実でも、それまで彼女のことをすっかり忘れていたのだから。

「ま、いいわ」

真沙美がかぶりを振り、口許から白い歯をこぼす。

「わたしが早合点《はやがてん》しちゃったみたいね。ごめんなさい。でも、信じて。わたしは店のお客さんと、そういうことは一切してないから」

真剣な眼差しに、聡志はしっかりとうなずき返した。

「うん。わかってます」

「ありがとう。それじゃ、ご褒美《ほうび》をあげるわ」

「え？」

真沙美がいきなり顔を伏せる。それも、剝《む》き出しの股間の真上に。

「あ、ちょっと――うううッ」

萎《な》えていた肉棒が、温かな口内に誘い込まれる。そこにヌルッとした舌が戯《たわむ》れかかった。

（先輩がおれのを――）

こんなことをさせちゃいけないという思いがふくれあがる。公園のイベントのあと、一度ホテルにもどったときにシャワーを浴びたのであるが、まったく汚れていないはずがないのだ。

いや、それ以前に、不浄の部分を愛しい先輩に舐《な》めさせることに、罪悪感を覚える。

ところが、彼女は少しも躊躇《ちゅうちょ》することなく、嬉々としてしゃぶっているよう。こびりついていた汗も匂いもこそげ落とすかのように。

そこまでされれば、戸惑いよりも快感が勝ってしまう。降参した海綿体が血流を呼び込み、ペニスはたちまち膨張した。

「ぷは──」

いきり立った屹立《きつりつ》から口をはずし、真沙美が息をつく。

「大きくなったわ」

嬉しそうにつぶやき、唾液で濡れた筒肉をしごく。目を細めてこちらを見あげる美貌《びぼう》は、やけに妖艶《ようえん》だった。

「お、お客とはこういうことをしないんじゃなかったんですか?」

リードされっぱなしの状況を打開するために、そんなことを言ったのである。けれど、彼女はしれっとして答えた。

「あら、出来島くんはお客さんじゃないわ。わたしの──」

言いかけて、ちょっと考えてからニッコリ笑う。

「可愛い後輩だもの」

もっとロマンチックな言葉を期待した聡志は、正直がっかりした。だが、再会したばかりでそれ以上を望むのは図々しすぎるだろう。

「さ、ここに寝て」

促《うなが》され、聡志はベッドに横たわった。足首で止まっていたズボンとブリーフを奪われ、脚を大きく開かされる。

真沙美はそのあいだに膝を進め、うずくまった。

「こんなに立派になって……」

ピンとそそり立つペニスを間近に眺《なが》め、うっとりした声音でつぶやく。もっと幼かった頃のそこを知っているような口振りに、聡志はドキッとした。もちろん、過去に見られたことはなかったはず。

「じゃ、またおしゃぶりしてあげる」

艶《つや》めく唇がOの字に開き、赤く腫《は》れた亀頭を含もうとする。その寸前、聡志は思い切って声をかけた。

「せ、先輩、あの――」

「え、なに？」

「おれにも先輩の――舐めさせてください」

これに、彼女が露骨に眉をひそめる。だが、拒んだらフェラチオをさせてもらえないとでも思ったのか、

「うん、あとでね」

取り繕《つくろ》った言葉で誤魔化そうとしたようである。

「いいえ、そうじゃなくて、いっしょにしたいんです」

「え、いっしょ？」

虚《きょ》を衝《つ》かれたふうにまばたきをした真沙美であったが、何を求められているのか察したらしい。

「そ、それは――」

あからさまにうろたえ、目を泳がせる。

萌恵もかなり恥ずかしがっていたが、女性は基本的にシックスナインが苦手なのだろうか。まあ、恥ずかしいところを無防備に晒すわけだから、当然かもしれないが。

「どうしてそんなことがしたいの？」

真沙美がストレートに問いかける。聡志は咄嗟に作り話をした。

「おれ、先輩のおしりも好きだったんです」

「え、おしり？」

「はい。テニスでスコートの下に、ヒラヒラしたやつを穿いてたじゃないですか。あれがたまに見えるのが好きでしたし、あと、練習のときもジャージのおしりをよく見てました」

アンダースコートに胸をときめかせたことはあっても、そんなにおしりばかりを見ていたわけではない。だが、こちらが恥ずかしい告白をすることで、願いを聞き入れてくれるのではないかと踏んだのである。

「そんなところを見てたの？」

真沙美はかなりあきれたようであった。

「……出来島くん、一所懸命練習してたし、真面目な子だなって思ってたけど、けっこうエッチだったんだ。ていうか、ムッツリ？」

さすがに顔をしかめたものの、そこまで求められたら、女として悪い気はしないのかもしれない。仕方ないという態度を示しつつ、彼女はのろのろと腰を浮かせた。

「あんまり見ないでよ」

これまた萌恵と同じ注文をつけ、聡志の上に逆向きでかぶさる。バスタオルを巻いたままだったが、そんなポーズをとればヒップがまる見えだ。

（わあ……）

目の前に差し出された重たげな丸みに、聡志の胸ははずんだ。大きさは萌恵とそう変わりないようだが、こちらのほうがより熟れた風情《ふぜい》である。五歳も年上だから当然か。肌はきめ細やかで、輝かんばかりの麗《うるわ》しさだ。

（本当は色白なんだな）

ただ、秘毛はかなり濃い。縮《ちぢ》れの強いものが、恥丘からアヌスまで繁茂する。その狭間に覗く陰裂はほころんで、色づいた花弁《かべん》をはみ出させていた。

（これが先輩の――）

憧れだったひとの性器だけに、ようやく目にすることができたという思いが強い。もっとも、想いを寄せていた中学生のときに、アソコが見たいなんて欲望を抱いたわけではなかった。あの頃はもっと純粋だったのだ。

眺めは淫《みだ》らだけれど、漂ってくるのはボディソープの甘い香りだ。シャワールームで、真沙美はそこを丁寧に清めたようである。べつに、舐められることを想定してではなく、女性としてのたしなみからだろう。

その姿勢には好感が持てるものの、物足りなかったのは否めない。だが、快感を与えられれば愛液を滲《にじ》ませ、萌恵のように本来のフェロモンを振り撒《ま》くのではないか。

聡志は期待とともに熟れ尻を抱き寄せ、顔で受け止めた。

「いやぁ」

羞恥の声をあげた真沙美が、ペニスにむしゃぶりつく。強く吸われ、目の奥に歓喜の火花が散った。

聡志も対抗するように舌を恥割れに差し入れ、上下に躍らせた。わずかに湿った程度だったそこが、間もなく温かな蜜をこぼしだす。

「むうぅ」

年上の熟女が呻《うめ》き、肉の裂け目を忙しくすぼめる。快感を得ているのは明らかだ。

(おれ、先輩のアソコを舐めてる……感じさせてるんだ)

二十年前の、中学生の頃に戻ったかのよう。聡志は目眩《めまい》を起こしそうなほど昂奮《こうふん》し、溢れる愛液を貪欲《どんよく》にすすった。それは甘みと酸味の溶け合った、なんとも形容しがたい風味だった。

(これが先輩の味——)

なんて美味《おい》しいのだろう。もっと味わいたくて、舌をさらに深く入れる。子宮へ通じる洞窟《どうくつ》を捉えると、クチュクチュと出し挿れした。

「むふぅうう」

真沙美の鼻息が玉袋に降りかかる。陰毛をそよがせ、シワ肌を温かく蒸れさせた。

聡志の舌はアヌスにも及んだ。舌先でチロチロと舐めくすぐると、真沙美は咎《とが》めるようにペニスを強く吸い、軽く歯を立てた。

それにもかまわず舐め続けると、彼女は諦めたようだ。聡志の好きにさせ、筋張った筒肉にねっとりと舌を絡みつける。愛らしいツボミをヒクつかせながら。

だが、責められる対象が敏感な肉芽に移ると、さすがにじっとしていられなくなった。

「んッ、んふっ、むふふぅ」

息をはずませ、尻の谷をせわしなくすぼめる。聡志がフードを剝いてクリトリスを直舐めすると、反応はいっそう顕著になった。

「んんんんーッ」

たわわなヒップが左右に揺れ、ぷりぷりとはずむ。快感と昂《たかぶ》りで汗ばんだのか、鼻面を挟み込む臀裂が甘酸っぱい匂いをくゆらせた。

聡志のほうもずっとしゃぶられっぱなしで、かなり高まっていた。このまま先輩の口内で果てたいという思いと、性器同士でしっかり結ばれたいという欲求がせめぎあう。そのおかげで、結果的に長く保ったようである。

一方、真沙美はいよいよ我慢できなくなったらしい。呼吸も続かなくなったようで、肉根を吐き出すと根元に顔を埋《うず》め、ハァハァと荒い息づかいを示した。それにより、鼠蹊部《そけいぶ》が温かく湿る。

「ね、これ……挿れて」

漲《みなぎ》ったペニスを握ってのおねだりを、聡志は受け入れるかどうか迷った。ところが、彼女のほうは直《ただ》ちにするものと決めていたようだ。

「も、もう、舐めるのはいいから」

ヒップを持ちあげ、クンニリングスから逃れる。そのまま下半身のほうへ移動すると、もっちりした丸みを見せつけて腰を跨《また》いだ。

「挿れちゃうね」

逆手で握った屹立の真上に、逆ハート型の臀部《でんぶ》が迫る。切れ込みにもぐり込んだ亀頭に、濡れた華芯が密着した。熱さが粘膜に染み入る。

「あん……ヌルッて入っちゃいそう」

つぶやきが聞こえ、ひと呼吸おいてから、真沙美がからだを沈めた。

ぬぬぬ——。

彼女が予期したとおり、ペニスは抵抗を受けずに膣奥へと侵入した。

「ふぅーン」

真沙美が背すじをのばして甘えた声を洩らすなり、バスタオルがはらりと落ちる。白い裸身があらわになったものの、背中を向けていたから乳房は見えない。

だが、そんなことよりも、女芯内部の蠢《うごめ》きでもたらされる悦《よろこ》びに、聡志はうっとりとなった。温かくて、ヌルヌルして、なんて気持ちいいのだろう。

（おれ、先輩と結ばれたんだ！）

その感激も、快さを高めてくれる。

「ああん、いっぱい……」

悩ましげに尻をくねらせる、年上の美女。途端に、柔ヒダが肉根にまといつくようにすぼまった。

「あ、あ、先輩」

たまらず声をあげてしまった聡志を、真沙美が振り返る。蕩《とろ》けた面差《おもざ》しながら、不満げに眉をひそめた。

「他人行儀だわ、こんなときに先輩なんて。ちゃんと名前で呼んでよ」

そう言って、腰をいやらしく回す。ペニスがいっそう締めつけられ、聡志は太い鼻息をこぼした。

（うう、気持ちいい）

結合部がグチュッと卑猥《ひわい》な音をこぼす。しかし、彼女は快感を与えるばかりでなく、注文をつけることも忘れない。

「ほら、名前で呼んで」

「はい……真沙美――さん」

「んー、べつに呼び捨てでもいいんだけど」

さすがに先輩を呼び捨てにするのは畏れ多い。そうとわかっているからか、真沙美は強制しなかった。

「気持ちいい、出来島くん？」

「はい。真沙美さんの中、あったかくてヌルヌルしてて、すごくいいです」

「そ、そこまで言わなくたっていいわよ」

照れくさそうに横目で睨《にら》み、今度はヒップを上下させる。聡志の膝に両手をつき、前傾姿勢になって。

タン、タン、タン――。

たわわな豊臀が下腹にぶつかり、リズムを刻む。そこに蜜壷が抉《えぐ》られる粘った音が色を添えた。

「あ、あ……あん」

真沙美も色めいた喘ぎ声をこぼす。

熟れ尻の切れ込みに見え隠れするペニスは蜜に濡れ、間もなく白い濁《にご》りをまといつかせだした。それだけ彼女も高まっているということだ。

もちろん聡志も上昇していた。媚肉の摩擦で蕩ける愉悦にまみれた分身は、油断するとすぐにでも爆発しそうだ。

それを悟ったのか、真沙美は上体をさらに倒し、ヒップの振れ幅を大きくした。

パン、パン、パン……。

肉の衝突音が音高く響く。アヌスばかりか結合部まで晒した交わりに、いよいよ忍耐が限界を迎える。

「ま、真沙美さん、いきそうです」

情けなさを感じつつ告げると、彼女が振り返った。色気がこぼれんばかりの微笑を浮かべて。

「いいわよ。いっぱい出しなさい」

そのとき、なぜだか聡志の脳裏に、中学時代の真沙美が浮かんだ。試合で勝ったとき、我が事のように喜んでくれたときの彼女が。

全身が甘やかな歓喜に包まれる。快い痺《しび》れが手足の先にまで行き渡った。

「あ、あッ、いきます。いく——」

腰をガクガクと揺すりたて、蜜穴の奥にたっぷりと放精する。

「あ——うぅーん」

真沙美が首を反らし、尻の谷をすぼめる。それによって締めつけが強まり、さらなるほとばしりが促された。

(ああ、すごい……)

ありったけのザーメンを放ち、聡志は魂《たましい》まで抜かれそうな気分を味わった。

著しい脱力感に包まれる。心臓の鼓動がなかなかおとなしくならない。

だが、多量に射精したはずのペニスは、心地よい締めつけを浴びながら、硬く強ばりきったままであった。

「元気ね、まだ脈打ってるわ」

横顔をこちらに向け、真沙美が悩ましげに告げる。それから、艶っぽい流し目をくれた。

「ね、今度はわたしも気持ちよくしてくれる?」

もちろん、聡志に異存はなかった。

5

レンタルルームから出たとき、時刻は午前二時近かった。真沙美はタクシーを停めると、聡志を振り返った。

「いっしょに乗っていく？」

「いえ、方向が違いますから」

彼女の住まいは千葉のほうで、聡志のホテルは新宿だった。

もっと話したい、一緒にいたいという気持ちはある。ただ、激しく交わったあとであり、照れくさかったのも確かだ。

「それじゃ、ここでサヨナラね。明日、気をつけて帰ってね」

「はい。先輩も頑張ってください」

激励《げきれい》の言葉に、真沙美はちょっと驚いた顔を見せた。けれど、すぐに笑顔を見せる。昔と変わらぬ、勇気を与えてくれる笑顔を。

「ありがと。また東京に来ることがあったら連絡して。今度はゆっくり飲みましょう」

「はい、是非」

「さよなら。またね」

彼女がタクシーに乗り込み、ドアが閉まる。車が見えなくなるまで、聡志はその場で見送った。

愛羅に勤めるようになった事情を、真沙美はふたりでシャワーを浴びているときに話してくれた。勤めていた会社が倒産し、実家への仕送りを続けるために、やむなく夜の仕事を始めたことを。

ただ、今でも昼間の仕事の求職はしているそうだ。資格を取るための勉強もしており、それにもお金がかかるという。

大変ですねとねぎらうと、彼女は照れくさそうに答えた。

『でも、この先どうなるか決まってないってことは、いろいろな可能性があるってことだわ。だからわたし、今とてもワクワクしてるのよ』

そう答えた真沙美は、眩しいほど輝いていた。

(頑張ってるんだな、先輩……)

ホステスをしていただけで妙な想像をした自分を、恥ずかしく思う。そして、自分も負けられないなと思った。

(よし、ホテルに帰って休もう)

明日はずっと運転をしなければならない。睡眠不足で事故でも起こしたら大変だ。それに、セックスの心地よい疲労も癒やしたい。

タクシーを拾おうと通りを見渡したとき、聡志は反対側の歩道に見知った顔を発見した。

（あれ、野元課長――）

行くところがあると言っていた上司は、ひとりではなかった。同い年ぐらいの女性と並んで歩いていたのである。

しかも、やけに親しげにして。

普段ほとんど笑うことのない野元が、嬉しそうな笑顔を見せている。女性とぴったりと寄り添い、談笑しているようだ。

（奥さんじゃないぞ……）

彼の妻とは、何度か顔を合わせている。すぐに別人だとわかった。

ただの知り合いという感じではない。昔の恋人とか、そういう艶めいた雰囲気がある。いっそ愛人とか。

（ひょっとして、こっちに来てから毎晩会ってたんだろうか）

というより、彼女に会いたいがために東京まで来たのではないか。つまり、浮気が目的で。

堅物だと思っていた上司の意外な現場に遭遇し、聡志は動揺した。これが原因でひと悶《もん》着《ちゃく》起こるのではないかと心配になる。何しろ、彼には子供だっているのだから。

ふたりの関係を深読みしたのは、再会した先輩と抱き合った直後だからかもしれない。きっと彼らも親密な関係なのだと、ほとんど決めつけていた。

だが、こっちは独身同士。向こうは妻帯者だ。自分たちと同じように、たまたま再会したのだとしても、軽はずみな行動は慎《つつし》むべきである。

そんなことを考えているあいだに、ふたりの姿は角を折れ、見えなくなった。

(……よし、見なかったことにしよう)

聡志は決心し、目撃したばかりの光景を頭の中から追い払った。通りがかったタクシーを拾うと、直ちにホテルへ戻ったのである。

第四章　処女との再会

1

翌朝、聡志が村へ帰る準備をしていると、同じホテルに泊まっていた野元が部屋にやって来た。

「それじゃ行くぞ」

「え、まだ早くないですか？」

「村に戻るのは明後日だ。もう二日こっちにいるぞ」

青天の霹靂《へきれき》と言っていい宣言に、聡志は唖然《あぜん》となった。訳がわからず立ち尽くしていると、

「ほら、準備しろ。この部屋もあと二晩借りるように交渉したから、私物は置いておけば

いいからな」

野元に急《せ》かされる。そこまで言われてようやく、まだ村に帰らないのだということを実感した。

「あの、だけど、役場のほうには――」

「あとでおれが許可をもらっておく」

「許可……大丈夫なんですか？」

心配になって訊《たず》ねると、上司がやれやれという顔を見せる。

「今回、おれたちは東京で一週間も休み無しだったろ？」

「はい。そのぶん、帰ってから代休が二日もらえる予定になってますけど」

「その二日を、こっちで消化することにすればいいんだよ」

「え？」

「帰ってからの休みは無しになるが、売れ残りを持ち帰るよりはマシだろ？」

「まあ、それは……」

「わかったら、すぐに駐車場からバンを出してくれ」

ようするに、他の会場で販売するということらしい。

（どこかでイベントをやってるのかな？）

それとも、アンテナショップにでも持ち込むのか。たしか表参道《おもてさんどう》に、N県の特産品を販売するところがあったはずだが。

どこに行くのか詳しく知らされないまま、聡志は野元と出発した。

指示されるまま車を走らせ、着いたところは下町の商店街であった。

（え、ここで？）

私鉄の小さな駅から続く狭《せま》い通りで、両側に店が並んでいる。特に見るところのない、ごく普通の商店街だ。まだ早い時間とは言え、都内とは思えないぐらいに寂《さび》れた雰囲気がある。

（東京にもこんな場所があるんだな……）

柴栗山村には商店街なんてものはないけれど、隣の酒津市には何ヵ所かある。しかし、市の中心部以外はシャッター通りと化しており、かつての活気が失われていた。これは高齢化が大きな要因のひとつだ。

この商店街も、そこまでひどくないけれど、空《あ》き店舗がいくつか目につく。営業しているであろう店も、飲食店のチェーン店以外は、若者が立ち寄りそうなところはない。お客は高齢者が多いのではないか。

ともあれ、何かイベントが行なわれている様子はない。いったいどこで売るつもりなのかと、聡志は訝《いぶか》った。

「あの店だ」

野元が指差したところにバンを停める。二階建てのその建物は、一階のシャッターに「貸店舗」の貼《は》り紙があった。それも、かなり前から貼られていそうなものが。

「え、ここですか？」

「ほら、準備するぞ」

助手席から降りた野元が、店の前に進む。ポケットから鍵を取り出し、錆《さ》びかけたシャッターをガラガラと開けた。

（どこで鍵をもらったんだろう？）

知り合いか親戚がやっていた店なのか。ともあれ、この店で残った商品を売ろうとしているのは間違いない。

だが、デパートも代々木公園も、あれだけの人出があったのに売れなかったのだ。この場所にそれ以上の人間が集まるとは思えないから、滞在を二日延長したところで、焼け石に水ではないか。

もっとも、上司の命令なのである。ここは従うより他ないと、聡志はあとに続いて店に入った。

中はがらんとしている。特に商品棚や陳列台の類《たぐ》いはない。壁際に空のビールケースが積み上げてあるから、もともと酒屋だったのか。

他には長机や、頑丈そうな板がある。それらを使えば、急拵《きゅうごしら》えだが店の体裁《ていさい》が整《ととの》うだろう。案外これまでにも、臨時の販売所として使われていたのかもしれない。パイプ椅子も何脚かあった。

建物自体は古びているが、特に壊れたところはない。店舗の奥側にドアがあり、そこから住居部分に入れるようだ。駅が近くて立地条件もいいし、売り物さえあればすぐに商売が始められそうである。

（なのに空いてるってことは、それだけ不況が深刻ってことなのか……）

あるいは、客層に偏《かたよ》りがあるのか。

「それじゃ、始めるか。商品は目立つように、なるべく店の前に並べたほうがいいな。奥にあると、お客も入って来づらいだろうし」

「そうですね」

「よし。まずは陳列台の設置だ」

野元と一緒に長机を並べ、ビールケースを伏せて置いた上に板を渡す。どうすれば商品が見やすいかと、あれこれ試行錯誤《さくご》していると、来訪者があった。

「あ、ここなんですか」

そう言って興味深げに店内を見回したのは、しばグリくんの中のひと、梨花であった。

とっくに帰ったと思っていたから、聡志は驚きを隠せなかった。

(課長が連絡したんだな)

しかし、どうして呼んだのだろう。大して役に立つとは思えないのに。

「手伝ってもらえるのかい?」

野元の問いかけに、彼女は「はい」と答えた。

「特に急ぎの用事はありませんから。ていうか、正直ヒマなので」

その発言に、聡志は心の中で(そうだろうな)とうなずいた。

「じゃあ、奥の部屋で準備をするといい。そこから入って奥に行くと部屋があるから、好きなところを使ってくれ。二階でもかまわないぞ」

「わかりました。あ、トイレは?」

「それも奥だ。あと、風呂場もあるから、必要ならシャワーを使えばいい」

「助かります。それじゃ——」

梨花は着ぐるみの入った荷物を手に、奥のドアから住居部分に入った。

「どうしてあの子を呼んだんですか？」

姿が見えなくなってからそっと訊ねると、野元はどうしてそんなことを訊《き》くのかわからないという顔を見せた。

「事前の宣伝なんて何もなかったからな、とにかく目立たなくちゃいけないし、賑《にぎ》やかしにはちょうどいいだろ」

「まあ、それはそうですけど」

「それに、ああいうのを喜ぶやつもいるんだよ」

「え、このあたりにですか？」

そんな物好きがいるのだろうかと、聡志は首をかしげた。ともあれ、板と机を並べ終わり、どうにか陳列台らしき体裁が整う。

「よし、こんなところか。奥に拭《ふ》くものがないか、探してきてくれ。台を綺麗《きれい》にしたら、商品を並べるぞ」

「わかりました」

聡志は店の奥に向かった。ところが、ノブに手をかけようとしたところで、ドアがいきなり開く。

目の前に、しばグリくんがぬっと顔を出す。聡志は思わず「わっ！」と悲鳴をあげ、後ろにひっくり返った。

2

準備は順調に進み、十時には開店にこぎ着けた。他の店も飲食店以外はだいたい開いて、通りにひとの姿が見え始める。

(やっぱりお年寄りが多いみたいだな……)

店の前で通りを見渡しながら、聡志は思った。

平日の昼間であり、勤め人は仕事をしている時間である。商店街をぶらつくのは、主婦か老人ぐらいであろう。

(待てよ。そのほうが売れるかもしれないぞ)

そもそも柴栗山村は、高齢化がかなり進んでいる。もってきた商品も、言うなれば年寄り向きのものだ。山菜も、喜んで食べるのは上の世代だろう。

これは案外いけるかもしれない。では、さっそくと呼び込みを始めようとしたとき、

「きゃふふーン」

奇声が通りに響き渡ってドキッとする。例によって例のごとく、しばグリくんだ。

「こちら、N県の柴栗山村の、特設ショップでーす。美味《おい》しいもの、珍しいものがたくさんあるよー。みんなー買ってね、きゃふふふーんっ！」

世にゆるキャラは数多くあれど、この場に最も相応《ふさわ》しくないのは彼——彼女に違いない。いかにも素朴《そぼく》な下町の商店街に、その奇異な姿はいっそうグロテスクに映った。

(間違いなく引かれるぞ)

お年寄りには刺激が強すぎる。せっかく売れそうな客層がいるところに来たのに、これでは逆効果だ。現に、少し離れたところにいる高齢の女性が、驚きをあらわにこちらを見ていた。

(手伝ってくれるのはありがたいけど、ここはお引き取り願ったほうがいいのかもしれないぞ)

ところが、驚いていたはずの女性が、一転興味津々という顔つきで近づいてくる。

「ここで何を売っているのですか？」

訊ねられ、聡志が答えようとする前に、

「ここにあるのは、柴栗山村の特産品でーす。よかったら見ていってくださーい。きゃふーン」

と、しばグリくんが説明する。

「しばぐりやま……」

女性が首をかしげたのは、聞いたことのない村だったからだろう。だが、そこに並んでいた商品には、ひと目見るなり興味を示したようだ。

「まあ……キャラブキね」

山菜のパックを手に取り、口許をほころばせる。続いて、乾燥ゼンマイも手にした。

「あ、それは水かぬるま湯にひたして――」

聡志は調理方法を教えようとした。デパートや代々木公園のイベントでも、初めて見たらしきひとたちから、何度も説明を求められたのである。

しかし、高齢の女性は笑顔でうなずき、

「ええ、わかってますよ。懐かしいわねえ」

と答えたのだ。

東京では山菜など採れないだろうし、せいぜいスーパーで売っているポピュラーなものを買うぐらいではないのか。まして、保存用に乾燥させたものなど、どうすればいいのかわかるまいと思っていた。聡志自身ですら、山菜生産組合のひとに聞いて、初めて調理の仕方を知ったのである。

ところが、彼女はちゃんとわかっているらしい。地方から東京に嫁《とつ》いだひとなのか。それとも、ある年齢以上の人間にとっては、常識なのだろうか。

彼女は山菜をいくつも選び、「これください」と差し出した。

「——あ、はい」

聡志は慌《あわ》ててレジ袋に入れようとしたが、

「ああ、袋はけっこうです。持ってますから」

女性が笑顔でエコバッグを見せる。そして、素朴な民芸品に気がつくと、

「あら、これもいいわねえ」

と、ひとつ選んで買ってくれたのだ。

「ありがとうございました！」

支払を済ませて立ち去る女性の背中に向かって、聡志は深々と頭をさげた。いったい何が起こったのかと、ほとんど狐《きつね》につままれた気分で。

（……売れたんだよな？）

ようやく実感が湧《わ》いてきて、頰《ほお》が緩む。これはひょっとしたらひょっとするかもと、希望がふくらんだ。

「出来島さん、お客さんだきゃふーん」

声をかけられてハッとする。顔をあげると、さっきの女性よりも年輩の夫婦が、ニコニ

コしながら品物を眺《なが》めていた。

「い――いらっしゃいませ!」

聡志は精一杯愛想のいい笑顔を見せた。


開店直後はポツポツとしかなかった人通りが、お昼が近づくにつれて増えてゆく。普段着っぽい服装からして、ほとんど地元の人間だろう。

そして、貸店舗だったところで何か売っているものだから、物珍しげな顔つきで足を止め、覗《のぞ》いてくれる。まあ、しばグリくんが引き寄せていた部分も多々あったが。

やはり高齢者が多いからか、山菜がよく売れた。温泉餅《もち》も試食を出すと、美味しいと好評であった。要は栃《とち》餅だから、懐かしい味が受けたようだ。また、民芸品も素朴さが気に入ってもらえた。

おかげで、並べたぶんがどんどんなくなっていく。聡志は頻繁に商品を補充し、また、接客にも追われた。

(まったく、課長はどこに行ったんだろう……)

彼は準備が終わると、用があるからとどこかに行ってしまったのだ。まさかとは思うが、昨晩の女性と昼間っからどこかにしけこんでいるのか。

しばグリくんは客寄せはできても、接客では役に立たない。来客がさらに増え、いよいよてんてこ舞いの様相を呈しだしたとき、

「え、出来島さん？」

不意に声をかけられる。振り返ると、そこに見知った顔があった。

「木元さん――」

デパートで柴栗山村のブースを担当してくれた、店員の亜希奈だった。私服姿ということは、今日は休みなのか。

そのとき、自分でも予期しなかった言葉が、聡志の口から出た。

「ごめん、木元さん、手伝って」

言ってから、自分でも驚く。どうやらあまりの忙しさに、藁《わら》にも縋《すが》る気持ちになっていたようだ。

「あ、はい」

亜希奈は返事をすると中へ入り、お客に対応してくれた。

お昼のピークが過ぎ、来店者が疎《まば》らになる。

「ふう……」

聡志は手近のパイプ椅子に腰かけ、大きなため息をついた。

「お疲れ様です」

そう言って、誰かが目の前に缶コーヒーを差し出す。亜希奈だった。近くの自販機で買ってきてくれたらしい。

「ああ、ありがとう」

聡志は遠慮なく受け取り、冷たくほろ苦い液体で喉《のど》を潤《うるお》した。

亜希奈はしばグリくんにも「だいじょうぶですか?」と声をかけ、ペットボトルのスポーツドリンクを渡した。

「ありがと……」

キャラクターではなく、素《す》の声で礼を述べたしばグリくん――梨花は、今にも倒れそうにフラフラだ。お客が多かったことでこれまで以上にはしゃぎ、飛び跳ねていたのだ。

そして、その場で柴犬のマスクを脱ごうとしたものの、思い止まる。ゆるキャラとしてのポリシーから、往来で中のひとを晒《さら》すのはまずいと思ったのではないか。

「あの、奥でちょっと休んできます」

梨花の申し出に、聡志は「うん、お疲れ様」とねぎらった。彼女はフラつきながらも、奥のドアに向かった。

「だいじょうぶでしょうか?」

亜希奈が心配そうに見送る。

「まあ、しばらく休めば復活すると思うけど」

答えてから、聡志はようやく彼女を巻き込んでしまったことに気がついた。

「あ、ごめん。いきなり手伝ってくれなんてお願いしちゃって」

謝ると、「いいえ」とかぶりを振られる。

「今日はお休みだったんですけど、何もすることがなくって散歩に出たんです。そうしたらたまたま……でも、楽しかったです」

「散歩って、じゃあ、この近くに住んでるの?」

「はい。この先のアパートに」

「ふうん。あ、ごめん、立たせたままで。ええと、椅子は——」

「あ、自分でやりますから」

亜希奈はパイプ椅子を持ってきて、聡志の隣に腰をおろした。

花柄のワンピースにカーディガンを羽織《はお》った彼女は、もともと愛らしい容貌《ようぼう》がいっそうあどけなく映る。メイクが仕事のときより薄めのせいもあるようだ。

(こっちのほうがずっといいな)

つい見つめてしまったものだから、亜希奈が恥ずかしそうに目を伏せる。聡志は焦って話題を探した。

「だけど、ここだと新宿まで遠いし、仕事に通うのは大変じゃないの？」

「そうですね。通勤はラッシュもあって、ちょっとつらいです。でも、お家賃が安いんですよ。それに、ここの雰囲気も好きなんです」

若いのに、こういう華《はな》のない、地味な街が好きとは変わっている。だが、彼女が東北の田舎《いなか》町出身であることを思い出し、

「ひょっとして、故郷と似てるから？」

訊ねると、案の定「ええ」とうなずいた。

「だから、すごく安心するんです」

亜希奈が照れくさそうにほほ笑む。やっぱり純朴な女の子なんだなと、聡志は安心した。秋川との関係を疑ったことを、申し訳ないとすら思った。

デパートでの最終日、秋川の不倫現場で出くわしたために、彼女とは気まずいまま別れてしまったのだ。なのに、今は自然に言葉を交わせている。一緒に接客したことで、わだかまりが消えてしまったようだ。

（お願いしてよかったな）

忙しいことも幸いしたのだろう。亜希奈のほうも、あのことは忘れているらしい。

「でも、どうしてここで売ることにしたんですか？　たしか、イベントは日曜日で終わりでしたよね？」

彼女が不思議そうに首をかしげる。

「うん。だけど、ほとんど売れ残っちゃってね。そうしたら、課長がもう二日東京にいることにして、ここを探してきたんだよ」

「そうなんですか。こっちに知り合いの方でもいらしたんですか？」

「さあ、それはわからないけど……あ、心配しなくても、手伝ってもらったぶんは、ちゃんとバイト料を払うからね」

「そんな、いいですよ」

「よくないよ、ただ働きさせるなんて」

「させられたわけじゃなくて、わたしが好きでお手伝いしたんです」

そんなやりとりをしていると、またお客があった。

「いらっしゃいませ」

亜希奈が明るく声をはずませる。すぐに立ちあがり、はきはきした応対でお客と接してくれた。

（デパートで見たときと、ずいぶん違うな……）

やけにおどおどしていたのが嘘《うそ》のよう。暮らしている街だから、気持ちに余裕が持てるのか。

「ありがとうございました」

お礼の挨拶《あいさつ》も耳に心地よく響く。普段もこんなふうだったら、きっとデパートのお客にも好感を持ってもらえるだろう。

「またたくさん売れましたよ。今のひと、蕗味噌《ふきみそ》が大好きなんだそうです」

笑顔で報告してくれる彼女は、本当に嬉《うれ》しそうだ。

「あ、今のうちに商品を補充しますか？　たぶん、三時ぐらいからまたお客さんが増えると思いますから」

「そうだね。だけど、悪いね。あれこれしてもらって」

「いいえ。デパートの物産展ではほとんどお役に立てませんでしたから、申し訳なく感じてたんです。それに、たくさん買っていただけると、わたしもやり甲斐《がい》があります」

そう言って、亜希奈が悪戯《いたずら》っぽく目を細める。

「だから、バイト料なんていらないんですよ」

彼女は率先して商品を補充し、手に取りやすいように並べてくれた。それから、何か気がついたらしく、聡志を振り返る。

「そう言えば、課長さんはどうされたんですか?」

「ああ、それが、ここの準備が終わったら、どこかに行っちゃったんだよ。まったく、いつもふらっといなくなるんだ」

「そうなんですか。じゃあ、いつ戻られるのかわからないんですね。だったら、わたし、終わるまでお手伝いします」

「え、いいの?」

「はい。わたしなんかでよかったら」

それはとてもありがたかったが、無料奉仕では心苦しい。

「そこまでしてもらうとなると、ますますただ働きってわけにはいかないよ」

「んー……でしたら、お願いをひとつ聞いていただけますか?」

「え、お願いって?」

「わたしのアパートで、手伝っていただきたいことがあるんです。どうしても男手が必要なことがあって」

部屋の模様替えでもしたいのか。あるいは、ビデオやパソコンの配線や設定がわからず、困っているのか。

「いいよ。お安いご用だ」

「よかった。あ、お昼まだなんですよね？　ここはわたしが見てますから、どこかで食べてきてください」

「木元さんは？」

「わたしは朝食が遅かったので、まだお腹が空いてないんです」

そう言って、亜希奈がチロッと舌を出す。

「お休みだから、つい寝坊しちゃって」

愛らしいしぐさに、聡志は胸をときめかせた。

3

午後三時過ぎぐらいから、再びお客が増えてきた。夕食の買い物客が多く立ち寄ってくれたのだ。

聡志は亜希奈とふたりで、接客に追われ続けた。ほとんど並べる端から売れていったのである。

意外なことに、しばグリくんも大人気だった。但《ただ》し店のお客にではなく、学校帰りの子供達に。取り巻かれ、奇声をあげるたびにやんやの歓声を浴《あ》びていた。

反応があるのが嬉しいのか、しばグリくん——梨花はこれまで以上に飛び跳ね、小さな子供を抱っこするなどの大サービスであった。そのぶん、かなりヘトヘトになったようで、午後六時に店を閉めたときには、ほぼグロッキー状態だった。

そのときになってようやく、野元が現れた。

「お疲れさん。売れ行きはどうだった？」

どこにいたのかと、こっちが問い詰めたい気分だったが、上司相手にそうもいかない。それに、この場所を探してくれたのは彼なのだ。聡志はぐっと堪《こら》えて、

「はい、上々です。村から持ってきたぶんの半分は売れました」

と報告した。

「そうか。それなら明日は全部捌《は》けそうだな」

「え、今日よりも売れるってことですか？」

「ああ、間違いない」

野元の断言に、聡志はそうだろうかと首をかしげた。

かなりの来客だったし、この界隈《かいわい》のひとびとはほとんど買っていったのではないか。そうなると、明日はさすがに減るだろうと踏んでいたのである。

「今日来なかった人間が、評判を聞いて明日は来るはずさ。そういう情報は、ここらはすぐに伝わるからな。それに、今日買っていったお客も、明日また来るよ」

「どうしてですか?」

「いい品物だからに決まってるだろう。今日はお試しで買った客もいたはずだから、その客が明日はもっと買ってくれる」

なるほどと思いつつ、聡志が意外に感じたのは、野元が村の特産品を『いい品物だから』と言い切ったことである。売り物にはまったく関心がないようだったのに。

(ひょっとして、デパートや公園のイベントでほとんど何もしなかったのは、あそこのお客にはウチの品物の良さがわからないって、最初から見抜いてたんだとか……)

そこまで考えて、いや、まさかと思う。昼行灯《ひるあんどん》のような課長に、そんな洞察力があるわけがない。

「それじゃ、明日も今日と同じで、午前十時開店だ。商品とバンはここに置いていこう。明日もよろしく頼むぞ」

野元に言われ、聡志は「わかりました」と答えた。いつになく背すじをのばして。急に彼が上司らしく感じられたのだ。

次に、野元は亜希奈に向き直った。

「手伝ってくれたんだね。ありがとう」

礼を述べ、頭をさげる。

「い、いえ、わたしは――」

亜希奈はしどろもどろになり、頬を赤く染めた。

(まさか、この街に木元さんがいるって、知ってたわけじゃないよな)

ふと思ったとき、

「おい、出来島」

野元からいきなり声をかけられ、聡志は直立不動になった。

「は、はい」

「木元さんに、しっかりお礼をするんだぞ」

そう言って、ニヤリと笑う。

「あ、はい」

「さて、おれはこっちの彼女にご馳走《ちそう》するか。明日も頑張ってもらわなくっちゃいけないし、美味しいものをたくさん食べてもらおう」

野元がしばグリくんにも笑顔を向ける。表情を変えないはずの犬のマスクが、聡志には舌を出して甘えているように見えた。

ふたりで近くの居酒屋に入り、打ち上げと慰労《いろう》をしてから、聡志は亜希奈のアパートを訪れた。

「すみません。散らかってて」

彼女は謙遜《けんそん》したけれど、部屋の中はきちんと片づいていた。そして、若い女性の住まいらしく、甘ったるい香りが満ちている。

(うん。いかにも木元さんらしいな)

アパートは六畳と四畳半の二間で、あとはキッチンにバストイレという造りである。外観は特に若い女性向きではない。部屋もフローリングではなく畳敷きで、収納もクローゼットではなく押入れだ。

そういう少しもおしゃれでないところが、二十歳の純朴な娘に似合っている気がした。

などと言ったら、本人は気を悪くするだろうか。

「こちらでちょっと待っていてください」

リビングとして使っているらしき六畳間で、亜希奈は聡志に座布団を勧めると、キッチンにさがった。おそらく、お茶かコーヒーでも出すつもりなのだ。

気を遣わせたくなかったものの、打ち上げで少々飲み過ぎた聡志は、喉が渇《かわ》いていた。

そのため、遠慮なく好意に甘えることにした。

そして、主《あるじ》がいないあいだに不躾《ぶしつけ》とは思いつつ、室内を見回す。

置いてあるのはテレビに本棚と、あとは小物の並んだカラーボックスがふたつ。目立つのはそのぐらいで、実に簡素な部屋である。襖《ふすま》が開いていて見通せる奥の四畳半にも、ドレッサーと小さな箪笥《たんす》しか見当たらない。

彼女は贅沢《ぜいたく》などしそうにないタイプに見えた。事実その通りだったらしい。さっきの居酒屋でも、聡志に気を遣ったのかもしれないが、安い料理しか頼まなかった。

礼儀正しく、慎《つつ》ましくて何事も控《ひか》えめな女の子。田舎出身だからということではなく、そのように育てられてきたか、もともとそういう性格なのだ。おそらく毎月の給料も地道に貯金して、実家にも仕送りをしているのではないか。

（いい子だな、本当に……）

単なる想像でしかないことを、聡志はそうに違いないと決めつけ、感心することひとしおであった。酔っていたせいもあったかもしれない。

そのとき、ふと気がつく。

（だけど、これなら男手なんて必要ないんじゃないか？）

模様替えをするほどの家具はないし、接続や設定が必要そうな家電やパソコンも見当たらない。冷蔵庫や洗濯機は置ける場所が決まっているから、移動させることもないだろう。

　ということは、もっと別の用事なのか。

（まさか、畳を替えるわけじゃないよな……）

　そんなことを考えていると、亜希奈がキッチンから戻ってきた。手にしたお盆に湯呑《の》みと急須を載《の》せて。

「お待たせしました。あ、すみません。そこの卓袱台《ちゃぶだい》を出していただけますか？」

「ああ、これだね」

　脚《あし》をたたんで壁に立てかけてあった丸い卓袱台を、聡志は部屋の真ん中に置いた。その上で、彼女がお茶を淹《い》れてくれる。

「はい、どうぞ」

「ありがとう」

　前に出された湯呑みを手に取り、聡志はお茶をひと口飲んだ。

「うまいっ」

　自然と称賛の言葉が出た。お世辞ではなく、程よい温度からまろやかな口当たりまで、これまでに飲んだどのお茶よりも美味だったのだ。

「お茶を淹れるの上手だね。こんな美味しいお茶は初めてだよ」

「ありがとうございます」

亜希奈は恥ずかしそうに頭をさげた。

「ひょっとして、かなり高い茶葉なんじゃないの？」

「いえ、そんなことないです。スーパーで買った、ごく普通のものですから」

「だとしたら、本当に淹れるのが上手なんだね。お母さんから、しっかり教え込まれたとか？」

この問いかけに、彼女は俯《うつむ》くだけで何も答えなかった。否定しないのは、事実その通りなのだろう。

聡志は喉が渇いていたこともあり、残りのお茶をごくごくと一気に飲んでしまった。いくらか酔いが醒《さ》めた気がして、ふうと息をつく。

「あ、ところで、男手が必要だってことだけど、何をすればいいのかな？」

訊ねると、亜希奈の肩がピクッと震えた。

「はい……男手っていうか、出来島さんのお力が必要なんです」

俯いたまま告げた声は、どこか遠慮がちだった。どうやら頼める相手が限られている作業らしい。けれど、それが何なのか見当もつかなかった。

「いや、おれにできることなら何でもするけど」

「ありがとうございます。あの――」

亜希奈が顔をあげる。やけに真剣な面持ちだったから、聡志はドキッとした。

(なんか深刻そうだな……)

もっとも、そのとき聡志の頭に浮かんだのは、お金でも貸してほしいのかという、俗な頼み事であった。

しばらく迷ったふうに視線を泳がせていた亜希奈であったが、間もなく決心がついたらしい。真っ直《ま》ぐ《す》に見つめてきた。

「わたしを……抱いてほしいんです」

聡志がしばしきょとんとしてしまったのは、頼まれたことの意味を把握《はあく》できなかったからだ。

いや、言葉そのものの意味はわかる。抱くというのが、男女の性的な交わりを示すことも理解していた。

ところが、その要請の中身と、口にした本人がうまく結びつかず、ぼんやりしてしまったのだ。

(抱く……木元さんを!?)

ようやく理解するなり、聡志は驚愕《きょうがく》した。

「ど、どど、どうしておれが⁉」

かなり間の抜けたタイミングで返されて、亜希奈は困惑したようだった。

「だって、こんなこと出来島さんにしかお願いできないんです。いえ、出来島さんにお願いしたいんです」

「いや、だからどうして――」

「わたし、処女なんです」

唐突な告白に、唖然となる。だったら尚《なお》のこと、簡単に肌を許すべきではない。

（つまり、処女を捨てたいってことか？）

いい年をしてバージンなんてみっともないから、早く体験したいのだろうか。純朴で清らかな女の子だと思ったのに、彼女も性を軽く考える今どきの若者だったのかと、聡志は落胆しかけた。

しかし、亜希奈はいたって真剣な面持ちである。何か事情がありそうだ。

「つまり、早く処女を捨てたいってこと？」

訊ねると、彼女は否定も肯定もせず、自身の思いを打ち明けた。

「わたし、上京して二年目です。でも、未《いま》だに東京になれなくて、職場でも、一年目の子よりもおどおどしてるぐらいなんです。たぶん、出来島さんもお気づきになられたと思うんですけど」

反射的にうなずいてしまい、聡志はしまったと思った。すると、そのように自覚していた二十歳の娘が、やり切れなさそうに小さなため息をつく。

「だから、わたしは変わりたいんです。もっと自信を持って、仕事でも何でもできるようになりたいんです。自分の意志で東京に出て来た以上、ちゃんと成果を上げたいんです」

その気持ちは理解できたから、聡志は無言でうなずいた。

「でも、何も知らない女の子のままだと、自信なんか少しも持てません。逆に、都会の雰囲気に流されて、変なふうに変わっちゃう気がするんです。それはもっと嫌です」

「じゃあ、自信を得るために、セックスしたいってこと？」

ストレートな問いかけに、彼女は「はい」ときっぱり答えた。

「大人の女になって、弱い自分から卒業したいんです」

聡志自身、初体験のあとは、昨日までの自分とは変わった気がした。それに、一人前の男になったとも思った。

（女性もそんなふうに感じるものなんだろうか……？）

ただ、その変化がただのまやかしであったことを悟《さと》るのに、そう長い時間はかからなかった。セックスしたから一人前なんてことはないのだ。

気の持ちようで変われる部分は、たしかにある。この子もバージンを卒業することで、本当に自信を持てるようになるかもしれない。

だが、確実にそうなると言い切れない以上、躊躇《ちゅうちょ》せざるを得なかった。

聡志がためらいをあらわにすると、亜希奈は身を乗り出して迫った。

「出来島さんは、わたしのお願いを聞いてくれるってはっきり言いました。ちゃんと約束を守ってくれますよね？」

安請け合いしたことを持ち出され、断わることが難しくなる。あのとき、どういうお願いなのかを確認しなかった、こちらに落ち度があるからだ。

しかしながら、そのとき聡志の中に彼女を抱きたいという気持ちが芽生《めば》えたのは、もっと他の理由からだった。

（こんな顔をすると、ますます似てるな……）

亜希奈は別れた彼女になんとなく似ている。こうして真剣な面持ちを見せられると、その印象がより強くなった。かつての恋人は積極的で、常にリードしたがるタイプだったから、強い意志をあらわにした表情がいっそう似るのは当然だろう。

（おれは童貞だったけど、あいつは経験があったんだよな）

今はその逆だ。目の前の処女を抱くことで、自分を捨てた恋人へのわだかまりを消すことができるのではないか。

そんな考えが浮かんだものの、亜希奈に対してあまりに失礼であると気がついてかぶりを振る。

「え、約束を守ってくれないんですか?」

彼女が落胆をあらわにする。いきなり首を横に振ったものだから、拒絶されたものと思ったらしい。

「いや――だけど、どうしておれなんだい? 木元さんみたいな可愛い子に頼まれたら、どんな男でも協力してくれると思うけど」

問いかけに、彼女は恥ずかしそうに俯いた。可愛いと言われて照れたようだ。

それでも、顔をあげて理由を告げる。

「東京の男性には抱かれたくありません。それこそ、東京に呑み込まれる気がするから。わたしと同じように、地方出身の方がいいんです」

都会の雰囲気に染まりたくない、自分らしくありたいという気持ちのようだから、初体験の相手も東京の人間では嫌なのだろう。それだけのこだわりがあることからも、単純に処女を捨てたいわけではないとわかる。

「だったら、秋川でもいいんじゃないの？　おれと同郷なんだし」

「主任はもっと駄目《だめ》です」

亜希奈は眉をひそめて言った。

「それって、上司だから？」

「そういうことじゃなくて、主任には誠実さが感じられませんから」

彼女は、秋川が人妻と不倫していたのを知っているのだ。おそらく、女性にだらしないことも。

「実はわたし、主任からけっこう誘われているんです。仕事のことで話があるとかって、いろいろ口実を設けて。でも、どういうつもりなのかだいたいわかりますから、絶対に一対一にならないよう気をつけています」

デパートの物産展で、秋川に声をかけられた亜希奈が、身を硬くした場面を思い出す。純潔を奪《うば》われた相手に怯《おび》えているのかと勘繰《かんぐ》ったのは間違いで、どうやら警戒心の表れだったようだ。本人はそこまで言ってないけれど、普段からセクハラじみたボディタッチなどをされているのではないか。

すると、二十歳の処女がまたため息をつく。

「でも、このままだとわたし、主任に押し切られて、変なことをされるかもしれません。

とにかく強引なひとなんです。実際、わたし以外にも——」

言いかけて、亜希奈が口をつぐむ。すでに言いなりにさせられた同僚がいるらしい。被害者の女の子に悪いと思って、打ち明けるのをためらったようである。

秋川の性格からして、部下である可愛い娘を放っておくはずがない。いずれ毒牙《どくが》にかけられる可能性は、充分すぎるほどある。

(そんなことしやがったら、ただじゃおかないぞ)

怒りがこみ上げたものの、自分は村に帰ってしまうのだ。彼女を守ることなどできない。

「とにかく、わたしは強くなりたいんです。いろんな誘惑に打ち勝って、自分らしく生きるために。だから、女になる必要があるんです」

亜希奈が発した「女」という言葉が、耳に生々しく響く。そうなりたいという強い思いが込められていたからだ。

「わたし、出来島さんになら、すべてを任せられます。とても誠実で、信頼できる方だってわかったから。お願いです。わたしを抱いてください」

あのおどおどしていた生娘《きむすめ》が、物怖《ものお》じせず訴えている。それだけこちらを信頼しているとわかったものの、首を縦に振ることはできなかった。

「だけど、決めるのを急ぎすぎてない？　おれと木元さんはあの物産展でたまたまいっしょに仕事をして、今日は偶然再会しただけなんだ。いきなりすぎるよ。もうちょっとお互いを知り合ってからのほうが――」

「でも、出来島さんはもうすぐ地元に帰られるじゃないですか。今度いつ会えるなんて保証はありません」

　それも事実だから、聡志は返答に詰まった。

「それに、全然急ぎすぎじゃありません。わたし、変わらなくちゃいけないってずっと考えていて、そのための相手を探していたんです。そんなときに出来島さんとお会いして、このひとならって思えたんです。真面目《まじめ》だし、信頼できる方だってわかったから。本当は、物産展が終わったあとにお願いするつもりだったんですけど、ああいうことがあったから気まずくなって……」

　亜希奈が頬を赤らめる。秋川の不倫現場で遭遇したことを、忘れたわけではなかったのだ。まあ、そう簡単に忘れられることではないだろうが。

「だから、今日あそこで出来島さんをお見かけしたとき、とてもうれしかったんです。きっと神様が引き合わせてくださったんだって。出来島さんにきちんとお願いしなさいって、後押ししてくれてるんだって信じられました」

大袈裟《おおげさ》だと思ったものの、彼女の瞳はキラキラと輝いている。偽りの影は少しも見えない。心からそう信じているのだとわかる。

（本当に純粋な子なんだな）

いつしか年下の処女に惹《ひ》かれていることに、聡志は気がついた。こんないい子を秋川なんかに取られたくないと、強く思う。

と、亜希奈が不意にうろたえ、視線をはずした。

「あ、あの……わたしがあそこにいたのは、べつに主任のアレを覗こうとしたわけじゃないんです。それだけは信じてください」

「え？」

唐突な弁解に、聡志はきょとんとなった。デパートのバックヤードでのことだとは、少し考えてわかったが。

「前の日にも、主任が裏で変なことをしてたって話を聞いてたんです。それで、あそこに行ったらあやしい声が聞こえて、きっとまた主任なんだってピンときました。だから、証拠を押さえて、これまで迫られたぶんも含めて、人事部のセクハラ相談窓口に訴えようって思ったんです。そうしたら、出来島さんが非常口から出てきたものだから、びっくりしちゃって」

そのときのことを思い出し、聡志は頬が熱くなるのを覚えた。同級生の不倫現場を間近で覗いたのであり、恥じ入る気持ちが蘇《よみがえ》ったせいもある。

「実はわたし、ちょっとだけ誤解したんです。もしかしたら、出来島さんがあそこで変なことをしてたんじゃないかって。でも、すぐにそんなはずがないって思い直しました。それに、あとで秋川主任が、あの女性と親しげにしているところも見ましたから」

そうは言ったものの、疑惑を完全に払拭していたわけではないらしい。亜希奈は不安げな面持ちで、

「出来島さんは、そんなことしてませんよね？」

と確認した。

「もちろんだよ。おれはそんなことしないよ」

慌てて否定すると、彼女は「よかった」と安堵《あんど》の笑みをこぼした。だが、あの場にいたということは、当事者ではなくとも覗いていたのは間違いない。そのことには気がついていないのだろうか。

晴《は》れ晴《ば》れとした表情から察するに、疑念が解消されたことで安心し、その他のことはどうでもよくなっているらしい。あるいは、処女を捧げる男を信頼したいから、あえて覗きの件は不問にしたのか。

「とにかく、わたしは出来島さんがいいって、前から決めていたんです。今日、いきなり決めたわけじゃありません。ですから——」

わずかに逡巡《しゅんじゅん》したものの、亜希奈はきっぱりと告げた。これ以上はないという真剣な表情で。

「わたしとセックスしてください」

言ってから、さすがに恥ずかしくなったのか、目を潤《うる》ませる。頬も真っ赤だ。けれど、決して視線をはずさない。

彼女に見つめられるだけで胸が痛くなる。聡志はいよいよ追い詰められ、退くことができなくなった。

4

シャワーを浴び、腰にバスタオルを巻いただけの恰好《かっこう》で部屋に戻ると、奥の四畳半に蒲《ふ》団《とん》が敷かれてあった。白いシーツがやけに眩《まぶ》しい。

「あ——」

半裸の男を目にするなり、蒲団のそばにいた亜希奈がうろたえて目を伏せる。足がもつ

れそうになりながらも立ちあがり、

「わ、わたしもシャワーを浴びてきます」

逃げるように聡志の脇をすり抜け、バスルームへ向かった。

「ふう……」

取り残された聡志は、大きく息ついてから四畳半に入った。

若い娘の甘ったるい乳くささが、色濃く立ち込めている。普段寝室に使っているようだから、寝汗の匂いが染みついているのだろう。ドレッサーに置かれた化粧品の香りも混じっていた。

蒲団には枕がふたつ並べられている。同衾《どうきん》をあからさまにする寝具に胸が高鳴る。掛布団がないのは、セックスをするには邪魔だと考えたからなのか。それとも、単に準備をする前に聡志が現れたためか。

考えたものの、すぐにどうでもいいことだと気づく。聡志は蒲団に横たわり、いつも彼女が見ているであろう天井《てんじょう》を眺めた。

（いいのかな……本当に――）

からだを清め、行為への準備は整っているが、迷いを完全に振り払ったわけではない。むしろ、そのときが近づくにつれ、ためらいが大きくなるようだ。

秋川に穢《けが》されるぐらいなら自分が――という思いは確かにある。ただ、そんな瑣末《さまつ》な理由よりも、今は魅力的な二十歳の娘を抱きたいという欲望が、遥《はる》かに勝っていた。

にもかかわらず躊躇してしまうのは、こうすることが亜希奈にとって本当にいいことなのかと疑問を感じるからだ。あとで彼女が悔やむ気がして、簡単に行動を起こせない。

(木元さんは、一時的な感情に流されてるだけなんじゃないだろうか)

しっかり考えた上でのことだと彼女は言ったけれど、思いもかけず聡志と再会して、気が逸《はや》った部分もあるのではないか。本来なら会うことも、抱きあうこともなかった相手なのだから。

あれこれ考えるうちに、瞼《まぶた》が重くなる。まだ酔いが残っていたらしい。

いつしか聡志はうつらうつらと、夢と現実の境界付近を漂《ただよ》った。亜希奈が戻ってきたのを知ることもなく。

(……あれ?)

下半身に広がるあやしい感覚に、聡志は覚醒した。ただ、瞼を開くのが億劫《おっくう》だったので、目をつぶったままでいた。

どうやら腰に巻いたバスタオルがはだけているらしい。眠っているあいだに、自然とそうなったのか。それとも、誰かがめくったのか。

もっとも、ここには聡志以外、ひとりしかいないはず。

そして、股間のシンボルがいきり立っていることにも気づく。特に淫《みだ》らな夢など見ていなかったが、睡眠時の作用で膨張したようだ。

(見られてる——)

視線を感じる。猛《たけ》って脈打つ分身を、何者かがじっと見つめている。それが誰なのかなんて、考えるまでもなかった。

だからこそ、ますます目が開けられなくなったのだ。

「……すごい」

つぶやきが聞こえる。ほぼ同時に、亀頭粘膜に温かな風を感じた。息がかかるほどに、亜希奈が顔を近づけているようだ。

(木元さんがバスタオルをめくったのか?)

その部分が隆起していたものだから、興味を持ったのかもしれない。いくらバージンでも、もう立派な大人なのだ。性的なものに関心を示してもおかしくない。

と言うより、処女だからこそ興味を持ったのではないか。

見られていると自覚するほどに、ペニスは雄々しい脈打ちを示す。尿道が熱いから、すでに透明な朝露をこぼしているかもしれない。

そんなところもすべて、彼女に観察されているのだ。

居たたまれなくて身悶《みもだ》えしたいぐらいなのに、鼠蹊部《そけいぶ》に甘い疼《うず》きが生じる。もっと見てほしいと、いささか露出趣味的な願望までこみ上げた。おそらく、相手が清らかな若い娘だから、尚さらに。いたいけな少女の前で下半身を露出する痴漢《ちかん》も、こんな心境なのだろうか。

そのうち、さわってほしいという欲求も強まる。

切なる願いが通じたのか、牡《おす》の漲《みなぎ》りに何かが忍び寄る気配があった。焦《じ》れったいほどの時間をかけ、柔らかな指がそこに巻きつく。

「む――――」

洩《も》れそうになった声を、どうにか抑える。起きていることを気づかれてはならないのだ。

だが、じんわりと広がる快《こころよ》さに、腰が自然と浮きあがる。

(なんて気持ちいいんだろう……)

大袈裟でなく、ペニスが溶《と》けてしまいそうだ。ただ軽く握られているだけなのに。処女の穢れない手が触れていることへの、背徳感のせいもあるようだ。

コクッと、ナマ唾《つば》を呑む気配があった。続いて、握りがわずかに強められる。

「硬い……」

掠《かす》れ声のつぶやきが聞こえた。巻きついた指が少しだけ上下したのは、無意識になされたことなのか。

(あ、そんな――)

快感が高まり、鼻息が荒くなる。尻がシーツの上でもぞついた。しかし、反応があっても寝ていると信じ込んでいるのか、亜希奈の指がはずされることはなかった。

我慢できなくなり、聡志は薄目を開けて確認した。

裸身の胸元から腰までをバスタオルで隠した処女が、横にぺたりと坐《すわ》り込んでいる。白い手が武骨な肉棒を握り、その部分をやけに生真面目な顔で見つめていたものだからドキッとした。手にしたものが自身の処女地を切り裂く場面を想像しているのだろうか。

ただ、しごいてくれるわけではないから、ナマ殺しの状態である。次第に聡志は焦れてきた。

おまけに、ただ握るだけで満足したのか、亜希奈が手を離してしまったのだ。

(え?)

聡志は落胆した。しかも、彼女はバスタオルを戻し、勃起を隠そうとした。

このまま何事もなかったことにされては、様子を窺《うかが》っていた意味がない。聡志は咄嗟《とっさ》に

瞼を開き、

「何をしてるの？」

と、声をかけた。途端に、細い肩がビクッと震える。

「え？」

こちらを向いた亜希奈は、泣きそうに目を潤ませていた。勃起したペニスは完全に隠れていないから、何をしていたのかがバレバレだ。

「なんか、妙に気持ちいい感じがしてたんだけど、おれのそこをさわってたよね？」

寝たフリをしていたことを隠して問う。誤魔化《ごまか》せないと悟ったのか、彼女は声を震わせて謝った。

「ご、ごめんなさい。出来島さんが眠ってらしたのに、バスタオルのアソコがふくらんでいたから、どうなってるのか気になって……」

どうやら好奇心に抗《あらが》えず、自らバスタオルをめくったらしい。いくらバージンでも、男のそこが大きくなるという知識はあるのだろう。

亜希奈は叱られた子犬みたいに身を縮め、涙を浮かべている。これからセックスをする手筈《てはず》になっていたのだ。ペニスを確認するぐらい、咎《とが》められるようなことではない。ただ、断わりもなくこっそりと見たものだから、羞恥《しゅうち》と負い目を感じているようだ。

今にも泣き出しそうないたいけな面様。本来なら憐憫《れんびん》を覚えるところなのに、聡志は嗜《し》虐心《ぎゃくしん》を沸《わ》き立たせた。無性に苛《いじ》めたくなったのだ。

「だったら、おれも見ていいよね」

からだを起こしながら告げると、亜希奈が「え?」と戸惑《とまど》いを示す。それでも、「ここに寝て」と促すと、素直に従った。聡志と交代して、蒲団に横たわる。

けれど、脚を開かされ、そのあいだに年上の男が膝《ひざ》を進めたものだから、さすがにうろたえた。どこを見ようとしているのかわかったのだ。

「あ、あの——」

焦って上半身を起こそうとしたものの、

「木元さんも見たんだから、今度はおれの番だよ」

正当な要求であることを突きつけると、拒めなくなったらしい。

彼女は観念して仰向けになり、赤く紅潮した顔を両手で覆《おお》った。見られる覚悟はできたようでも、やはり恥ずかしいのだ。

(ちょっと可哀相《かわいそう》かな)

初めてなのにひどいことをしていると、思わないではなかった。胸もチクチクと痛む。

しかし、処女地を探索したいという欲求が、それを上回っていた。

亜希奈の両膝を立たせ、M字のかたちに開かせる。聡志はバスタオルの裾《すそ》をめくった。

「ああ……」

悲愴《ひそう》な嘆きがこぼれる。それにもかまわず身を屈《かが》め、薄い性毛では隠しきれない秘芯を覗き込んだ。

ふわ——。

石鹸《せっけん》の香りと、ヨーグルトに似た甘酸《あまず》っぱさがたち昇る。シャワーを浴びたはずだが、昂奮状態の牡のシンボルに触れたことで、彼女も気分を高めたのではあるまいか。

実際、ぴったりと閉じた陰裂は、合わせ目に細かな露をきらめかせていた。シャワーを浴びた名残《なごり》ではない。

(これが——)

胸に感動が満ちる。初めて目の当たりにする処女の聖地。一帯は色素の沈着も少なく、秘毛がなければ幼い女の子と変わらない。

いかにも穢れていない佇《たたず》まいながら、忍び寄ってくる秘臭は、牡を充分に奮《ふる》い立たせるなまめかしいものだ。そのギャップにも昂《たかぶ》りを覚える。

「さわってもいい?」

いちおう了解を求めたが、返事はなかった。その瞬間、若腰がピクッと震えたのみ。自分もペニスを握ったから、拒めないようだ。

聡志は両手の親指をふっくらした大陰唇に添え、恥割れをくつろげた。二枚の小さな花びらと、その狭間《はざま》に濡《ぬ》れ光るピンク色の淵《ふち》があらわになる。未だ牡を受け入れていない蜜穴は、ほんのちょっぴりしか空いていなかった。

(なんて綺麗なんだ……)

ここを肉の槍《やり》で侵略するなんて、あまりに勿体《もったい》ない。それに残酷すぎる。今からでも遅くないから、初体験を思い止まらせるべきではないのか。

そんな思いもこみ上げたものの、逆に穢したい欲求も高まった。少なくとも、他の男のものにはしたくない。

フード状の包皮をめくりあげると、小さな真珠が現れた。裾のほうに白いものをこびりつかせており、チーズに似た匂いがプンと漂う。処女だからしっかり洗えていないのか。この様子だと、オナニーすらしたことがないのかもしれない。

「も、もういいでしょ?」

亜希奈が涙声で咎める。同時に、処女の美膜で狭められた膣口が、キュッとすぼまった。

その淫靡《いんび》な光景が、聡志を獣《けもの》にさせる。気がつくと、かぐわしい媚臭を放つところに口をつけていた。

「――イヤッ」

何をされたのか、すぐにわかったのだろう。亜希奈が腰をよじって逃げようとする。聡志はそれを許さず、細腰をがっちり抱え込むと、舌を縦横に動かした。

「あ、あッ、ダメぇ」

彼女は不埒《ふらち》な牡の頭を、両手でぐいぐいと押し退《の》けようとする。だが、拒む声に甘えた色が窺えるし、頭を強く挟《はさ》み込んだ内腿《うちもも》も、ピクピクと痙攣《けいれん》を示した。

(感じてるんだ)

そう判断し、聡志はクンニリングスを続行した。恥垢をこびりつかせたクリトリスを狙って責めれば、二十歳のボディが電撃でも喰らったみたいに跳ね躍る。

「ああっ、あ、そんなとこ舐《な》めないでぇ」

嘆きながらも、下腹がいやらしく波打った。

(これがバージンの味なのか)

溢《あふ》れる恥蜜はほんのり甘く、粘りが少ない。実に清らかだと感じた。この上なく貴重なそれを、聡志は貪欲にすすった。

「あ、いやぁ、ああ……」

最初はかなり強かった抵抗も、次第に弱まる。バスタオルが完全にはだけて、亜希奈は白い裸身を晒していた。汗ばんだ柔肌から、なまめかしい女の匂いを漂わせて。

「あ……あふ、くぅうーん」

洩れる声も色めいて、腰を悩ましげにくねらせる。愛液が量を増し、唾液も塗り込められた華芯はしとどになっていた。

（このまま舐め続けたら、イクんじゃないかな）

できることなら、そうしてあげたい。あんな狭いところにペニスを挿れられたら、きっと痛いはずだ。初体験を苦痛のみで終わらせるのは忍びない。その前に性の歓《よろこ》びも知ってほしかった。

方針を固め、秘核を重点的に吸いねぶる。

「くうう、そ、そこぉ」

亜希奈が艶《つや》っぽい声をあげ、ヒップを何度も浮かせた。

とにかく感じさせたい一心で、舌の疲れも厭《いと》わず舐め続ける。すると、彼女の反応に変化が現れた。

「ああ、な、なに――？」

不安そうに下半身をよじる。聡志の口から逃げる素振りも示した。おそらく、未知の感覚に戸惑っているのだ。

(もうちょっとだぞ)

自身を励まし、ひたすら口淫に精を出す。指で包皮をめくり、剝《む》き身の肉芽を舌先でチロチロとはじくと、亜希奈が「いやあっ」と声音を高めた。

「も、もうやめて……あああ、へ、ヘンになっちゃう」

どうやらオルガスムスのとば口を捉《とら》えたようだ。それを逃すことのないよう、聡志は休みなく舌を動かした。

「ああ、あ、ダメ——うっ、ううウッ、ほ、ホントにダメなんですぅ」

ほとんど泣き声での訴えにも耳を貸さず、一点集中で責め続けると、

「あ、ああっ、ウソ……」

ワナワナと震えだした裸身が、ガクンと大きくはずんだ。

「あふン!」

喘《あえ》ぎ声を放ち、あとはぐったりして動かなくなる。

(え、イッたのか?)

聡志は顔をあげ、様子を窺った。

亜希奈は半開きの唇からせわしなく息をこぼし、浅い盛りあがりの乳房を大きく上下さ

せている。間違いなく絶頂したようだ。

若い肌は汗を滲《にじ》ませ、ところどころに細かな光を反射させる。どこに触れても、腰がビクッとわなないた。

(けっこう敏感なのかも)

初体験を決心したのは心情的な理由ばかりではなく、肉体が欲した部分もあるのではないか。そんなことを考えながら、聡志は彼女に添い寝した。

髪を優しく撫《な》でてあげると、間もなく閉じられていた瞼が開く。

「……出来島さん」

トロンとした眼差《まなざ》しが見つめてきた。

「だいじょうぶ?」

「はい……あの、わたし、どうなったんですか?」

「イッたんだよ」

告げられた言葉を反芻《はんすう》するような面持ちを見せた亜希奈が、不意に狼狽《ろうばい》する。

「や、ヤダ」

肩をすぼめ、イヤイヤをするように身をよじった。

「ひ、ひどいです。あんなところを舐めるなんて」

ベソかき声でなじられる。今さら恥ずかしくなったのだろう。

「ごめん。だけど、木元さんのアソコが、すごく綺麗で可愛かったから」

正直な感想を伝えたのであるが、それは清らかな乙女《おとめ》をますます羞恥にまみれさせただけであった。

「あ、あんなところ、可愛いはずないです」

濡れた瞳で睨《にら》まれ、きっぱりと否定される。自分のそこがどんなふうになっているのか、観察したことがあるようだ。

「いや、本当だよ。だから舐めたくなったんだ。それに、イッたときの木元さんも可愛かったよ」

「うー」

それ以上言わせまいとしたのか、彼女はいきなり牡の股間をまさぐり、いきり立つ肉根を握った。そこは今にも破裂しそうなぐらい、ガチガチになっていた。

「むうう」

快美が手足の先まで伝わり、聡志は呻《うめ》いた。

「そんなことはいいですから、これ、早く挿れてください」

挿入を求めるなり、亜希奈が頬を赤らめる。はしたないおねだりを口にしたことに、気がついたのだろう。

「わかった」

彼女にペニスを握らせたまま、聡志は処女のボディに身を重ねた。なめらかな肌とふれあうことで、劣情とは別の感動が広がる。

「こ、ここです」

言わずとも、亜希奈は自らの中心へ導いてくれた。亀頭に温かく濡れた女芯が触れ、いよいよなのだと気が逸る。

けれど、性急に貫くことのないよう、聡志は深呼吸をした。

「それじゃ、いくよ」

予告すると、愛らしい容貌が強《こわ》ばる。逃げてはいけないと思ったのか、彼女はペニスから手をはずすと、聡志の二の腕にしがみついた。

「はい、どうぞ」

生真面目な返答がほほ笑ましい。それだけ強い意志を持っているのだ。

聡志は腰を沈めた。華芯にめり込んだ亀頭が、狭まりを徐々に押し開く。

「つ――」

亜希奈は顔をしかめたけれど、決して逃げなかった。両脚を掲げ、聡志の太腿に巻きつける。早く来てとせがむみたいに。

たっぷりと濡れていたおかげで、ペニスは処女膜以外の抵抗を受けなかった。それもやがて限界を迎え、何かが切れた感覚のあと、丸い頭部が熱い潤みに入り込む。

「ああぁーッ！」

悲鳴をあげた二十歳の娘は、その瞬間、女になった。

第五章　ゆるくない彼女

1

　翌日、開店時刻ぎりぎりになって店に現れた野元は、ひとりの女性を連れていた。

（あ、このひとは――）

　聡志には見覚えがあった。夜中の新橋で野元とふたりでいたところを見かけた、あの女性だったのだ。

「こちらは榊《さかき》ひとみさん。この店を紹介してくれた方だ」

　野元が簡潔に紹介する。だが、それだけの間柄ではないことを、聡志は知っている。だが、それを口に出すことはできない。自分だって、あのときは中学時代の先輩と情を交わしたあとだったのだから。

「初めまして、榊です」

「あ、出来島と申します」

丁寧《ていねい》に頭をさげられ、聡志は恐縮して挨拶《あいさつ》を返した。

あの夜はそこまでわからなかったが、こうして対面すると、人好きのする優しそうな面立ちである。そのため、妙にうろたえてしまったのだ。

(愛人……っていう感じじゃなさそうだぞ)

妻子ある男との関係に甘んじるような、だらしのない女性には見えない。野元とは邪推したような関係ではないのだろうか。

その疑念が顔に出たわけではあるまい。

「わたしも柴栗山村の出身なんですよ」

ひとみが笑顔で告《つ》げた。

「え、そうなんですか?」

「ええ。野元君の同級生だったの」

それ以外の関係はないのよと言いたげな口調に、聡志は「はあ」とうなずくしかなかった。

(じゃあ、上京したから旧交を温めたってこと?)

しかし、それだけの間柄で、夜中過ぎにふたりっきりで歩いたりするだろうか。いくら同級生でも男と女なのだから。そんなふうに感じるのは、自分も真沙美と肉体関係を持ったからかもしれない。

(ていうか、ひとみさんにも旦那さんがいるんだよな)

落ち着いた物腰と、そこはかとなく漂《ただよ》う色っぽさから、独身という感じはしない。それとなく左手の薬指を確認しようとしたとき、ふと気がつく。

「あの、こちらのお店のこと、どうしてご存知だったんですか?」

村の出身なのに、なぜこの場所を知っていたのか不思議に感じたのだ。すると、彼女はさらりと答えた。

「ここはね、亡くなった主人の両親が、商売をしていた店なの」

「あ、そうなんですか」

素直に納得した聡志であったが、次の瞬間(え?)となる。

聞いた時点では「亡くなった」という言葉が「両親」に結びついていた。だが、語順と言葉の調子から、亡くなったのはひとみの夫であることに気がついたのである。

(じゃあ、榊さんは未亡人――)

そうと知って、あれこれ勘繰《かんぐ》ったことを申し訳なく感じる。何か確固たる根拠があったわけではないものの、それならば野元とあやしい関係になることはないと思えたのだ。

「そうすると、こちらにはもう、誰も住まわれてないんですか？」

「ええ。主人の両親は引退して田舎《いなか》に引っ込んだし、わたしも主人と住んでた家があるから、ここは空《あ》き家なの。それで、野元君から話を聞いて、だったらここを使えばいいって勧めたのよ」

そうだったのかと納得したものの、

「あの、榊さんは、今はおひとりなんですよね。柴栗山村には帰られないんですか？」

子供がいる様子はなさそうだし、ずっと東京にひとりでいるのかと、つい気になったのだ。すると、彼女は「んー」と首をかしげた。

「すぐには無理かな。こっちに仕事もあるから。それに、わたしにとっては、主人と暮らした東京が故郷みたいなものなの」

にこやかに告げる未亡人は、夫を亡くした悲しみなど、とうに乗り越えているふうである。ただ、そこまで言い切るのだから、今でも夫を愛しているに違いない。

「まあ、年を取ったら考えが変わるかもしれないけど、少なくとも今のところは、村に戻るつもりはないわ」

「そうなんですか……すみません。不躾《ぶしつけ》なことを訊《き》いてしまって」

「あら、いいのよ。同郷なんだもの、気を遣わないで。あと、してほしいことがあったら、何でも言いつけてね」

「え？」

聡志がきょとんとすると、ひとみは楽しげに口許《くちもと》をほころばせた。

「わたし、今日はここのお手伝いに来たのよ。人手が足りないって、野元君に頼まれたから」

「あ、そうだったんですか」

すると、野元がエヘンと咳《せき》払いをする。

「昨日は木元さんが手伝ってくれたけど、今日は仕事があるから来られないだろ。だから、助っ人を頼んだんだ」

しかめっ面をしているのは、照れくさいからなのか。そんな顔をする上司を見るのは初めてで、聡志は妙に可笑《おか》しかった。

そのとき、準備を整えた梨花――しばグリくんが、奥から現れる。

「きゃふふふーン。お待たせー」

完全にゆるキャラモードになっていた。

「さて、それじゃ開店だ」

野元が両手をパチンと合わせた。

2

事件が起こったのは、正午を回ってすぐのことだった。

空は雲ひとつなく晴れ渡り、昨日よりも暑かった。おそらく、東京に来てからの最高気温ではなかったか。庇《ひさし》の下にいる聡志でさえ、汗ばむぐらいであったのだ。おかげで来客も多く、野元が予言したとおり売れ行きは上々だった。

そして、こちらも昨日以上に張り切り、奇声をあげて飛び回っていたしばグリくんが、フラついたかと思うなり、道路の真ん中でひっくり返ったのである。

「あ――」

その場面を目撃した聡志は、急いで駆《か》け寄った。助け起こしたとき、着ぐるみがじっとりと湿っていることに気がつく。雨など降っていないから、梨花の汗なのだ。

(まずい。脱水症状を起こしたんだ!)

倒れた理由を悟《さと》って焦《あせ》る。放っておいたら、命にかかわるかもしれない。

「出来島、彼女を奥に連れていけ」

野元の声に、聡志は「はいっ」と返事をした。

「こっちはおれたちに任せて、彼女の世話をしろ。わかったな」

「はい、わかりました」

しばグリくんに肩を貸して、店の奥に連れてゆく。素早く対処したおかげで、かなり集まっていたお客が騒ぐことはなかった。しばグリくんが足をすべらせ、転《こ》けたぐらいにしか見えなかったのではないか。

奥の和室に連れていくと、聡志は急いで柴犬のマスクをはずしてあげた。

「はあ……ハァ──」

梨花の顔は真っ赤だった。呼吸もかなり荒い。髪も汗でぐっしょりと濡《ぬ》れていた。

「だいじょうぶ？」

声をかけると、弱々しくうなずく。意識はあるようで安心した。

「あ、ちょっと待ってて」

聡志は急いで外に出た。自販機まで走り、ペットボトルの水とスポーツドリンクを何本か買う。

戻るときにチラッと様子を窺《うかが》うと、野元はひとみと一緒に接客をしていた。笑顔で仲睦《なかむつ》まじげに。それが夫婦のように見えたものだから、思わずドキッとする。

（本当に、ただの同級生なんだろうか……）

　今回の上京では何もなかったにせよ、昔付き合っていたとか。そんなことを考えながら梨花のところに戻る。

「さ、これを飲んで」

　助け起こし、開栓したペットボトルを口にあてると、彼女は砂漠で放浪でもしていたみたいにそれを奪《うば》い取り、コクコクと喉《のど》を鳴らした。そして、たちまち一本を飲み干してしまう。

「はふー」

　ようやくひと心地がついたふうに、大きく息をついた。

「もう一本飲む？」

　訊《たず》ねると、梨花が首を横に振る。かなり疲れたようで、瞼《まぶた》を閉じた。すぐにでも眠ってしまいそうだ。

「それじゃ、ここでしばらく休むといいよ」

「……せて」

「え？」

「……着ぐるみ、脱がせて」

弱々しい声でお願いされ、「わかった」と返事をする。汗で濡れているから、早く脱ぎたいのだ。

改めて栗の着ぐるみを観察すれば、前にファスナーがあった。普通は背中側だと思うのだが、ひとりで脱ぎ着できるようにするためだろう。

(急ごしらえのわりに、ちゃんと考えていたんだな)

感心しながらファスナーを下までおろす。聡志は深く考えもせず、栗の前部分を大きくくつろげた。

「わっ」

思わず声をあげ、慌《あわ》てて前を合わせる。以前、デパートのバックヤードで目撃した彼女が、下着姿だったことをすっかり忘れていたのだ。

いや、下着姿ならまだよかった。今の梨花は、一糸まとわぬすっぽんぽんで、着ぐるみに入っていたのである。暑くなるとわかっていて、そうしたのかもしれない。

ともあれ、見えたのはほんの一瞬だったのに、ふっくらと盛りあがった乳房ばかりか、股間の黒い翳《かげ》りまで目に焼き付いてしまった。

「ううー」

梨花が不満げに唸《うな》る。自ら着ぐるみの前を開こうとした。

「ちょ、ちょっと待ってよ」

聡志が制しても聞き入れない。

「もぉー、脱ぎたいのよぉ」

すでに半分眠っているのではないか。寝ぼけたような声だった。

「わかったから、ちょっと待って」

何とかしなければと立ちあがり、押入れを開ける。幸いにも、蒲団《ふとん》が何組か入っていた。しばらく使われていないようだが、カビ臭くはない。

(よし、これならよさそうだ)

聡志は急いで蒲団を敷いた。

「ほら、こっちに寝て」

そう言って梨花を振り返るなり、またも驚愕《きょうがく》する。いつの間にか着ぐるみを脱いだ彼女が、素《す》っ裸《ぱだか》で畳に俯《うつぶ》せていたのだ。

(おいおい……)

二十代の若い女性にはあるまじき、はしたない恰好《かっこう》。さすがにあきれたものの、ぷりんとしたかたちの良いヒップに、思わず見とれてしまう。

(——って、そんな場合じゃない)

聡志は邪念を振り払い、梨花の肩を揺すった。

「ほら、蒲団を敷いたから、そこで寝て」

告げるなり、魅惑《みわく》のヌードから汗のなまめかしい香りがたち昇ったものだから、理性を失いそうになる。それでもどうにか彼女を助け起こし、蒲団の中に引きずり入れた。

「ふう……」

掛布団で裸体を隠し、ようやく安堵《あんど》する。今になってどっと疲れを覚えた。

「それじゃ、ゆっくり休むんだよ」

枕元に残りのペットボトルを置き、聡志は店に戻ろうとした。そのとき、

「ううう……ね、お願い」

涙声で呼びかけられ、何事かと振り返る。

「なに？」

「わたしの代わりに……しばグリくんになってちょうだい」

「え、おれが？」

「お願い……」

そのとき、梨花が起きていたのかどうか、定かではない。相変わらず瞼を閉じたままだったし、寝ぼけてそんなことを言ったのかもしれなかった。

ただ、受け答えはちゃんとできている。

「無理だよ、そんなの」

聡志が難色を示しても納得しない。

「無理じゃないの。できるわ。しばグリくんに成り切ればいいんだから」

成り切ろうにも、もともとあの奇妙な生き物（？）が、どんなキャラクターなのかも定かではないのだ。

「いや、そんな簡単にはいかないって」

「やってもみないうちから諦《あきら》めないで。わたしの未来がかかってるのよ」

「未来って――」

「いいから、早くそれを着て。でないと、一生恨《うら》んでやるからね！」

脅《おど》しの言葉に、聡志は渋々《しぶしぶ》「わかったよ」と答えた。

「それじゃ、お願い。絶対だからね……」

念を押すと、梨花は何も言わなくなった。代わりに規則正しい寝息が聞こえてくる。

（マジでおれがやるのかよ？）

今さらゆるキャラで客寄せをする必要はない。しかし、約束した以上しなければなるまい。このまま逃げることは可能でも、あとで本当に恨まれるかもしれないのだ。

（ま、頑張ってくれたんだし、ちょっとぐらい恩返しをしてやるか）

仕方なく着ぐるみを手にした聡志であったが、内側からたち昇る濃厚な媚薫に気がついて、うっとりと鼻を蠢《うごめ》かせた。

（ああ、なんだ、これ——）

それは、一週間以上も着続けたせいで染み込んだ、若い女の汗の匂いであった。いや、今は素っ裸で着ていたから、それ以外の分泌物もあったのではないか。

飾り気のない女くささに、仕方なくという気持ちが消し飛ぶ。むしろ、やらずにいられるかという心境になった。

ただ、かなり邪《よこしま》な理由であることは、聡志自身わかっていた。

（船戸さんがやってくれって、おれに頼んだんだから——）

わずかに芽生えた罪悪感を、そう自らに言い聞かせることで抑え込む。あとは少しもためらうことなく、聡志は服を脱いだ。

とは言え、さすがに全裸にはなれなかった。ブリーフのみの姿になると、梨花がぐっすりと眠っているのを確認し、胸を高鳴らせながら着ぐるみに手足を通した。

（ああ、素敵だ……）

胴体を包まれただけなのに、全身で梨花の匂いを感じる。濃厚なフェロモンが、毛穴から体内に浸透してくるようだ。

着ぐるみの内側は、じっとりと湿っていた。美女の汗だから、もちろん不快には感じない。むしろ背徳的な昂《たかぶ》りを覚える。

そして、柴犬のマスクをかぶれば、そちらにも凝縮された香りがあった。素の吐息に唾液の混じった、かなり生々しいものが。

聡志は堪《こら》えようもなく勃起した。着ぐるみの柔らかな裏地がブリーフ越しにペニスを刺激し、思わず腰が震《ふる》える。

（よし、やってやるぞ！）

梨花はしばしばグリくんに成り切るようアドバイス（？）をくれたが、聡志は彼女とのこの上ない一体感を覚えていた。だからこそ、迷いもなく外へ出られたのだ。

接客していた野元が、こちらを見て安堵の表情を浮かべる。だが、栗の着ぐるみから出ている手足が、梨花のものではないとすぐに気がついたらしい。ギョッとしたふうに目を見開いた。

そんな反応も意に介さず、聡志はとりあえず鳴いてみた。

「きゃふふーん」

裏声を使い、頭のてっぺんから精一杯張りあげたつもりだったが、そこらにいたひとびとにどんなふうに聞こえたのだろう。声がマスクの中に反響して、自分ではさっぱりわからなかった。

おまけに、様子を窺おうにも、視界がかなり狭《せま》い。陽の下に出るなり、むわっとした蒸し暑さも感じた。

（これはかなりの重労働だぞ）

手足が出ているから楽だろうと思っていたのだが、想像していたよりずっと動きづらい。着ぐるみそのものも、今になってずしっとした重みを感じた。汗が染み込んでいることを差し引いても、もともとかなりの重量があったようである。

こんなものを着て好天の戸外で飛び跳ねれば、倒れるのも当然である。いや、室内でもかなりキツいはずだ。

本当に頑張っていたんだなと、聡志は梨花を見直した。役立たずのゆるキャラだと、馬鹿にしていたのを申し訳なく思う。

そんな思いから昂りが鎮《しず》まり、股間の分身も強《こわ》ばりを解いた。しっかりやらなければと心を入れ替え、お客を呼び込む。

「さあ、いらっしゃい。N県柴栗山村の特産品、本日が最終日でーす。どうぞ見ていってくださーい。きゃふふーん！」

3

その晩、ホテルの部屋に梨花が訪ねてきた。

「え、どうしたの？」

聡志は驚いた。ついさっき、野元とひとみも入れた四人で完売のお祝いをして、別れたばかりだったたからだ。

「あの……お礼とお詫《わ》びをしなくちゃと思って」

梨花が俯《うつむ》きがちに言う。そんなしおらしい彼女を見るのは初めてで、聡志はどぎまぎした。ずっと着ぐるみ姿だったから、目の前の白いブラウスにミニスカートというシンプルな装いが、やけに眩《まぶ》しかったためもあった。

「いや、お礼って――と、とにかく入って」

部屋に招き入れたものの、狭いシングルルームである。椅子は坐《すわ》り心地のよくないものが、壁際のデスクにひとつあるのみ。仕方なく、梨花をベッドに坐らせ、聡志が椅子に腰かけた。

「えと、それで、何の話なのかな？」

訊ねると、彼女は居住まいを正し、うやうやしく頭をさげた。

「今回はお世話になりました。わたしみたいな実績のないイラストレーターをメンバーに加えていただいて、本当に感謝しています」

そのことは、さっきの打ち上げでもさんざん言われたのだ。

「そんな、お礼なんていいんだよ。そもそも船戸さんが参加できたのは、村長が了解したからなんだし」

「だけど、出来島さんが門前払いにしないで、話を通してくださったから、こうして東京に来られたんです」

「でも、全部自費でだろ？　何もかも負担させちゃって、かえって心苦しいぐらいなんだから」

「そんなことありません。チャンスを与えてもらっただけで、わたしは充分にありがたいんですから」

「え、チャンスって？」

聡志が首をかしげると、梨花はわずかにうろたえ、誤魔化《ごまか》すみたいに話題を変えた。

「それから、今日はすみませんでした。わたしの代わりに、しばグリくんに入っていただいて」

謝ってから、恐る恐るというふうに確認する。

「だけど、本当にわたしがお願いしたんですか？」

梨花は結局、閉店まで眠っていた。起きてからも、何があったのか思い出せなかったようである。熱中症と脱水症状で、倒れたときは頭がほとんど働いていなかったのだろう。

そして、聡志が代わりにしばグリくんを演じたと聞いて、大いに驚いたのだ。

「そうだよ。やらなかったら一生恨んでやるとまで言ったんだ」

そのことも起きたあとに伝えたのであるが、彼女は信じられないという顔を見せた。どうやら寝ぼけて発せられたお願いだったらしい。そのわりに、やけにしっかりしたやりとりだったのだが。

すると、梨花がやり切れなさそうにため息をつく。

「すみません、梨花、本当に……」

「いや、いいよ。おれもけっこう楽しかったし」

とにかく暑くて、大変だったのは事実である。しかし、自分とは違った存在になったことで妙にテンションが上がり、けっこうはしゃぎまくってしまった。

「でも、今日は暑かったのに、大変だったでしょう」

「まあね。だけど、船戸さんだって倒れるまで頑張ったんだもの。おれも頑張らなきゃと思ってさ。それに、いいダイエットになったよ」

冗談めかして告げるなり、彼女が泣きそうに顔を歪《ゆが》めたものだから、聡志はドキッとした。

（あれ、何かまずいこと言ったかな？）

「あの……くさかったんじゃないですか？」

梨花は肩をすぼめ、消え入りそうな声で訊ねた。

目を潤《うる》ませての問いかけに、そういうことかと納得する。

着ぐるみには、彼女の匂いがたっぷりと染みついていたのである。それを嗅《か》がれたことが恥ずかしく、また、申し訳ないとも感じているのだろう。だからこんなにしおらしくなっているのだ。

「そんなことないよ。そりゃ、汗の匂いはしたけれど、それだけ船戸さんが頑張ってたってことなんだもの。全然気にならなかったよ」

むしろ有りのままの媚臭に昂奮《こうふん》し、勃起までしたのだ。しかし、さすがにそんなことは打ち明けられない。

「……本当ですか？」

梨花はまだ不安げだ。そのことをあまり詮索《せんさく》されると、こちらの邪な気持ちが暴かれる可能性がある。聡志はそれとなく話題を逸《そ》らした。

「うん。あ、そう言えば、さっきチャンスがどうのこうのって言ってたけど、ひょっとしてしばグリくんで有名になろうって考えてたの？　ほら、あれみたいに」

自治体非公認ながら有名になったゆるキャラの名前を挙げると、彼女は「そうですね」と認めた。

「ただ、しばグリくんは時間がなくて、ほとんどやっつけ仕事だったので、あれが評価されるとは思ってません。そうじゃなくて、わたしの存在を知らしめたかったんです」

「船戸さん自身を？」

「はい。地方にもいろいろなことをやっているイラストレーターがいるってことで注目してもらって、仕事を増やしたかったんです。正直、今の状態だとイラストレーターかフリーターかわかりませんから」

やはりイラストの仕事だけでは食べていけないのだ。地方にいるから依頼があまりないのかもしれない。彼女はまだ若いけれど、このままでは先が見えないと危機感を持っているようだ。

（ひょっとしたら、おれにしばグリくんをやってくれって頼んだのは、そういう危機感の表れだったのかも）

とにかく認められなければならないという焦りから、無意識にあんなことを口走ったのではないか。一生恨んでやるというのも脅しではなく、それだけ追い詰められていたのだと理解できる。

「だから、わたしはわたし自身のために、今回のイベントに参加したんです。代々木公園のときには取材のひとがたくさんいましたから、わたしは自分から売り込んで、名刺を配りました。正直、手応《てごた》えはほとんどなかったんですけど」

告白して、梨花はすまなそうに目を伏せた。

「出来島さんは、頑張ったって褒《ほ》めてくれましたけど、そういうんじゃないんです。わたしは単に、柴栗山村を自分のために利用しただけなんです。中途半端におかしなキャラクターをこしらえて」

しばグリくんが奇異な外見であるという自覚はあったらしい。

わざと妙なものをこしらえて目を引こうとしたのかと思ったものの、そこまで計算していたわけではなさそうだ。だいたい、そんな自分本位の人間だったら、こんなふうに自戒《じかい》の念を表さないはず。

「そんなに自分を責めなくてもいいと思うよ。船戸さんのおかげでお客さんを引きつけられたのは確かなんだし、おかげで全部売れたんだもの。それに、倒れるまで一所懸命やってくれたのは事実なんだからさ」

　元気づけるためにそう言ったのである。ところが、俯いた梨花が肩を震わせだしたものだから、聡志は狼狽《ろうばい》した。

（え、なんで⁉）

　しかも、頬《ほお》を涙が伝っている。かすかに嗚咽《おえつ》も聞こえだした。特におかしなことを告げたつもりはなかったから、自分を責めるあまり悲しくなったのか。

（だからって泣くことはないのに）

　男は女の涙に弱いもの。聡志は慌てて立ちあがり、彼女の隣に移った。

「泣くことはないんだよ。誰も船戸さんを責めたりしないから。むしろ感謝してるんだ。本当だよ」

　顔を覗《のぞ》き込み、懸命に慰《なぐさ》めると、梨花が首を横に振った。

「そういうんじゃないんです……」

「え？」

「わたし……本当にイラストレーターとしてやっていけるんでしょうか？　このまま誰にも注目されることなく、ただの自称イラストレーターで終わるんじゃないかって考えると、すごく不安になるんです」

嗚咽交じりの述懐に、聡志はどう励ませばいいのかと迷った。へたに大丈夫だよなんて言ってあげても、彼女は納得するまい。だいたい、イラストの仕事だけで生活するなんて、簡単なことではないのだろうから。

考えて、思うままを告げることにした。

「船戸さんがイラストレーターでやっていけるかどうかは、おれにはわからない。正直、船戸さんがどんな絵を描いているのかも、よくわかってないんだ」

梨花は素直にうなずいた。名前が知られていないのは、誰よりも本人がよくわかっているのだ。

「ただ、こうして泣くほどに不安なのは、それだけ本気なんだなって思う。いい加減な気持ちでやってるんだったら、うまくいかなくても、ま、いいかって考えるだろうし。でも、船戸さんはそうじゃない。おれにはわかるよ」

彼女が顔をあげる。目許が涙でぐっしょりと濡れ、赤くなっていた。

「だから、このまま続けるしかないんじゃないのかな。自分のやりたいことを一所懸命に頑張ることが、たぶんいちばん楽しいし、幸せなんだろうって思うから。結果がどうっていうのは、そのあとで考えればいいんだよ。きっと」

ただ心配事を先送りにしただけなのかもしれない。けれど、すぐに答えの出ないことを、あれこれ悩んだところで解決しないのだ。

すんなり納得したふうではなかったものの、梨花は「そうですね……」とつぶやいた。クスンと鼻を鳴らし、次の瞬間、いきなり縋《すが》りついてくる。

(え?)

いったい何が起こったのか。訳がわからず動揺した聡志であったが、ほとんど反射的に腕を回していた。

「船戸さん——」

戸惑《とまど》いつつも、髪や背中を撫《な》でてあげる。

二十五歳のボディは、甘い香りを漂わせている。打ち上げの前に、彼女は一度ホテルに戻ったから、そのときにシャワーを浴《あ》びたのだろう。

だが、ほんのり漂う彼女本来のなまめかしさの中に、着ぐるみに染み込んでいたものと共通する成分を嗅ぎ取り、胸が高鳴る。もちろん、あれほど濃厚ではないが、牡《おす》の昂りを誘うのは一緒だ。

海綿体に血流が流れ込む。分身が脈打つのを感じつつ、聡志はうっとりと鼻を蠢かせた。あるいは、それを悟られたのだろうか。

「あの……本当にくさくなかったんですか? わたしの着ぐるみ——」

さっきの話を蒸し返されてしまった。

適当に誤魔化しても納得しないようだ。だったらと、正直に話すことにした。

「全然くさくなかった。いい匂いだったよ」

途端に、細い肩がピクッと震える。

「う、嘘《うそ》……」

「本当だよ。今だって、船戸さんはいい匂いだけど、あの着ぐるみも同じだったんだ。匂いが強いか弱いかだけで。だから今も、おれはうっとりしてるんだ」

梨花は黙りこくった。何やら考え込んでいるふうでもある。

(ひょっとして、匂いフェチの変態だって思われてるんだろうか)

だが、嘘は言っていない。どう思われようが仕方ないと覚悟したとき、

「あうっ」

快美が下半身に襲来する。彼女の柔らかな手が、ズボンの上から牡のシンボルを捉《とら》えたのだ。若い女性のかぐわしさに反応し、いきり立っていたものを。

「大きくなってる……」

つぶやいた梨花が指を折る。強ばりを握り込み、悩ましげにヒップをくねらせた。

「ふ、船戸さん……ああ――」

揉《も》むように愛撫《あいぶ》され、快感が高まる。聡志は腰をよじって喘《あえ》いだ。

「じゃあ、あの着ぐるみを着たときも、ここがこんなふうになったんですか？」

「う……そうだよ。これが船戸さんの匂いなんだって思ったら、すごく昂奮したんだ」

「汗で中がびしょびしょだったのに？」

「それだって船戸さんの汗だから、少しも気にならなかった。むしろ喜んでたぐらいだったんだ」

羞恥《しゅうち》にまみれつつ、正直に答える。彼女も恥ずかしかったのであり、対等になるべきだと思ったのだ。

「……ヘンタイ」

梨花が優しい声でなじる。いっそう大胆に手を動かし、悦《よろこ》びを与えてくれた。

もしかしたら、彼女は股間の盛りあがりに気づいていたのかもしれない。今も匂いを嗅がれていることを悟り、こちらの嗜好《しこう》を察したのではないか。

しかし、そんな憶測も、ベルトを弛《ゆる》められることで頭から消し飛ぶ。八つも年下の女はズボンの前を開き、ブリーフ越しに筒肉の感触を確かめた。

「すごく硬くなってますよ。わたしの匂いに昂奮して、こんなになったんですか？」

ここまでになったのは、しなやかな指で刺激されたからである。けれど、募《つの》る快《こころよ》さでボーッとなっていた聡志は、深く考えもせず「うん」と答えた。

　すると、顔をあげた梨花が、じっと見つめてくる。

「やっぱりヘンタイですよ、それ……でも、なんか、うれしいかも」

　濡れた黒い瞳に吸い込まれそうになり、聡志は固まった。瞼が閉じて長い睫毛《まつげ》が迫ってきても、動けなかった。

　気がつけば、彼女と唇を重ねていた。

「ん……」

　梨花が小さく息をこぼし、舌を差し入れてくる。キスをしているのだとようやく実感した聡志は、自らも舌を戯《たわむ》れさせた。

　ぴちゃ……。

　重なった唇の隙間《すきま》から、水音がこぼれる。かぐわしい吐息も与えられ、頭の芯が痺《しび》れるようだった。

　その間に、柔らかな手がブリーフの中に入り込み、猛《たけ》る肉棒を直《じか》に握ってくれる。じんわりと広がる快さに、聡志もお返しをしなければという気にさせられた。

　くちづけを交わしたまま、肉づきのいい太腿《ふともも》を撫でる。なめらかな手ざわりにうっとりしつつ、その手をスカートの中に侵入させれば、下着の中心は熱く湿っていた。

（濡れてる……）

彼女もその気になっていると知って、なぜだか息苦しさを覚える。

「むふぅ」

梨花が鼻息をこぼす。クロッチの中心を縦方向にこすると、若腰がイヤイヤをするようにくねった。しっとりした内腿が、不埒《ふらち》な手を強く挟《はさ》み込む。

それにもかまわず、クロッチをずらして女芯を直にまさぐる。そこは多量の吐蜜にまみれ、ヌルヌルして摑《つか》み所がないほどだった。

（濡れやすいんだな）

着ぐるみの内側が濡れていたのは、汗だけでなく愛液のせいもあったのではないか。などと、あり得ないことをチラッと考える。

唇をはずすと、蕩《とろ》けた眼差《まなざ》しが見つめてきた。

「いいの？」

それはひどく間の抜けた質問だったろう。互いに性器を愛撫し合っている状況で、何を今さらである。

「……はい」

梨花がうなずき、頰を赤く染める。照れくさくなったのか、再びくちづけを求めた。

互いの服を脱がせながら、何度もキスを交わす。ふたりとも素っ裸になると、抱きあってベッドに倒れ込んだ。

「わたしにお礼をさせてください」

そう言って、梨花が手にした屹立《きつりつ》に顔を伏せる。ふくらみきった亀頭を頬張り、舌を戯れさせた。

「あ──ううう」

ねっとりしたフェラチオに、聡志は腰を震わせた。絡《から》みつく舌が、敏感なくびれ部分を執拗《しつよう》に責めてくる。同時に、陰嚢《いんのう》も優しく揉み撫でられ、下半身が溶《と》けてしまいそうだった。

しかし、自分ばかりが奉仕されるのは忍びない。ここは対等に悦びを高めあうべきだと、横臥《おうが》して彼女の腰を抱き寄せる。最初は抵抗を示した梨花も、聡志が根気よく求めることで折れた。

そして、横向きのシックスナインでお互いをねぶり合う。

（ああ、いい匂いだ）

濡れた秘苑は、胸に迫るような媚香を放っていた。嗅ぐだけで全身に情欲が漲《みなぎ》るよう。ペニスも雄々《おお》しく脈打ったから、自身の秘臭が牡を昂らせることに、彼女も納得せざるを得なかったのではないか。

舌を這《は》わせながらしっかり観察したものの、陰核包皮の内側にも、大陰唇と小陰唇のあいだのミゾにも、恥垢は付着していなかった。そのあたり、オナニーの経験すらなかった処女――亜希奈とは違うようだ。

もちろん、性器そのものの佇《たたず》まいも。

梨花のそこは花びらも大ぶりで、端っこを色濃く染めている。恥毛の範囲も広く、一本一本も濃くて長い。

（――て、何を比べているんだよ）

昨晩、無事に破瓜《はか》を遂げた亜希奈の秘部と、無意識に比較していたのだ。それはどちらに対しても失礼だと、自らを戒《いまし》める。

お詫びに、よく発達したクリトリスを、丹念に吸ってあげた。

「むふふふぅぅー」

牡のシンボルを口に入れたまま、梨花が切なげに鼻息を吹きこぼす。温かな風に陰嚢の縮れ毛がそよぎ、背すじがぞくぞくした。

オーラルペッティングで互いを高めあっていると、梨花がペニスから口をはずした。いよいよ我慢できなくなったようだ。

「これ……挿れてください」

おねだりをし、唾液に濡れた強ばりをしごく。ほんの一時だって待てないというふうに。

「わかった」

聡志は快く応じ、逆向きの体勢を解いた。すると、彼女がシーツの上で四つん這いになる。肘《ひじ》を折り、ヒップを高く掲げた。

「後ろから挿れてください」

大胆なポーズで牡を誘う。お気に入りの体位なのかと思えば、

「顔を見られるのが恥ずかしいから、これで……」

そう言って、シーツに突っ伏した。正直な匂いを知られた上に、感じている顔まで見られるのは居たたまれないのだろう。

(可愛いな)

ゆるキャラのときとは大違いだ。あれはやはり、自分とは異なる存在に成り切っていたから、可能だったのだろう。

聡志は膝《ひざ》立ちになって真後ろに迫った。

ふっくらしたおしりは色白で、肌もつやつやだ。思わず叩きたくなったのをぐっと堪え

る。これでスパンキングの趣味にまで目覚めたら、いよいよ真っ当な人間に戻れなくなる気がしたのだ。

捧《ささ》げ持った分身の尖端《せんたん》を恥割れに当てると、蒸れた熱さが粘膜に染み入ってくる。

「挿れるよ」

予告すると、梨花は丸みをプルッと震わせた。

「はい……」

消え入りそうな返事ながら、女体は貫かれるのを待ちわびているようだ。

臀部《でんぶ》に両手を添え、聡志は腰を前に出した。肉の棒が陰裂にめり込み、狭まりを押し広げる。

「あ――うう」

梨花が呻《うめ》き、背中をわずかに反らせた。

ペニスは抵抗を受けることなく、蜜窟にずむずむと侵入する。下腹と尻肉がぴったりと重なり、聡志は大きく息をついた。

（ああ、入った）

結ばれた実感が胸に迫る。内部は熱く、柔らかな膣肉がまつわりついていた。

「あふぅ……」

梨花が喘ぐ。尻の谷を悩ましげにすぼめた。

途端に、蜜穴が侵入物をキュウッと締めつけたのである。

「おおお」

思わず声をあげてしまうほど、それは強烈であった。

（ああ、すごい）

快感がふくれあがる。じっとしていることができなくなり、聡志は腰を引いた。ヌメッたものにまみれた筒肉が、ヒップの切れ込みに半分ほど現れると、再び中へ戻す。

「くうぅーン」

首を反らした梨花が、子犬みたいな声で啼《な》いた。それは親しんだしばグリくんの声よりも、ずっと色っぽかった。

そして、女窟がまたも締まる。今度は連続してキュッキュッと。

いつもこんなふうに牡を締めあげ、悦びを与えているのか。それとも、体位的に膣を締めやすいのだろうか。ゆるキャラの中のひとなのに、アソコはきつきつだ。

聡志は愉悦《ゆえつ》に酔いながら、ペニスを抜き差しした。

「船戸さんの中、とても気持ちいいよ。熱くって、柔らかくって、それに、すごく締まってるんだ」

息をはずませて称賛すると、彼女が「いやあ」と恥ずかしがる。そのくせ、またも内部をキツくすぼめるのだ。

（たまらない……）

奥まったところにあるヒダが、亀頭の段差をぴちぴちとはじく。腰が砕けそうに感じてしまった。

ちゅ……グチュ。

結合部が卑猥《ひわい》な粘《ねば》つきをこぼす。愛液がかなり溢れているのか、女陰に当たる陰嚢が温かく濡れていた。下腹と臀部のぶつかり合いも、ぴたぴたと湿った音を鳴らす。

「あ、あ、あ、あン」

梨花が喜悦の声をあげ、腰を揺らす。濡れた肉棒が出入りする真上で、可憐《かれん》なアヌスが物欲しげに収縮していた。

（うう、いやらしい）

交わる性器から、酸《す》っぱい匂いがゆらゆらとたち昇ってくる。それもやけになまめかしく、幻惑されそうであった。

あとは夢中でピストンを繰り出す。たわわなヒップをはね飛ばさんばかりの勢いで。

「ああ、あ、気持ちいい……くううう」

煽情的《せんじょう》なよがり声が、狭いシングルルームに反響する。梨花の白い背中に、いつの間にか汗が光っていた。

そして、彼女が先に昇りつめる。

「あ、あ、イク、イッちゃう」

オルガスムスを予告し、全身をワナワナと震わせる。聡志がリズミカルに女膣を抉《えぐ》り続けると、喜悦の高みへと駆けあがった。

「イクイクイク、く――あふぅううっ！」

梨花はのけ反って総身を強ばらせると、脱力してベッドに俯せた。聡志と繋がったまま、ハァハァと呼吸をはずませる。

汗ばんだ裸身にぴったりと身を重ね、聡志は彼女の首すじに顔を埋《うず》めた。

（ああ、いい匂い）

濃厚なフェロモンは、耳の後ろあたりが特に強かった。それをクンクンと嗅ぎ回り、汗で湿った肌の感触にもうっとりするうちに、我慢できなくなる。

聡志は許可を求めることなく、抽送を再開させた。

「え――あ、や、ヤダ。イッたばかりなのにぃ」

梨花が切なげに身悶《みもだ》え、涙声でなじる。しかし、腰の動きはとまらない。下腹に当たる、ふっくら盛りあがったヒップの柔らかさも、牡の劣情を高めていた。

間もなく、彼女の声も艶《つや》めいてくる。

「ううっ、う——ああ、あ、はぁん」

身をくねらせ、両手でシーツを引っ掻《か》く。梨花は性感を再び上昇に転じさせると、さっき以上の早さで頂上へと走った。

「ああああ、ま、またイッちゃうぅううっ！」

嬌声《きようせい》を高らかにほとばしらせ、裸身をガクガクと波打たせる。汗の滲《にじ》む肌から、かぐわしい女くささを振り撒《ま》いて。

梨花が三度目の絶頂を迎えるのとほぼ同時に、聡志も達した。蕩けるような悦びにまみれ、膣奥にドクドクとザーメンを放ったのである。

4

翌朝、梨花から電話があった。今日は彼女もバンに乗せて帰る予定だったのだが、それには及ばないという。

『雑誌の編集者さんから連絡があったんです。わたしに会いたいって。代々木公園で名刺を配った記者の方が、知り合いの編集者にこういうひとがいたって話してくださったみたいなんです』

彼女は有頂天と言っていいぐらいに、声をはずませていた。見なくても、どんな顔をしているのか容易に想像できた。

「それって取材なの？」

『はい。あと、もしかしたら仕事がいただけるかもしれません』

「へえ、よかったじゃない。おめでとう」

『ありがとうございます』

感極まったのか、お礼の言葉はほとんど涙声だ。それだけ嬉《うれ》しかったのだ。

いい話がもらえたら連絡しますからと梨花が言い、聡志は頑張ってと励ました。さらに二言三言交わしてから、電話を切る。

（よかったな、本当に……）

聡志は心から思った。

これで未来が開けたと、断言できるわけではない。けれど、何らかのきっかけになるのではないか。彼女は間違いなく、チャンスを摑んだのだ。

うまくいくといいなと願いつつ、聡志は昨晩の濃密なひとときも思い返し、悩ましさを覚えた。

ホテルをチェックアウトして、野元とふたりでバンに乗り込み、村に向けて出発する。積んでいた商品はすべて売れ、後部のスペースには畳んだ段ボール箱があるだけだ。車と同じく、心も軽かった。

「昨夜は、あのあとも榊さんとごいっしょだったんですか？」

ハンドルを握りながらそれとなく訊ねると、野元は「ああ」と答えた。

（こっちに来てから、夜はずっといっしょだったんじゃないのかな？）

それから、一昨日姿が見えなかったときも。やっぱり親しい間柄ではないのかと、聡志は思った。

（奥さんも子供もいるのに、いいのかな……）

ひとみは誠実そうだし、亡くなった夫への貞節《ていせつ》を守っているように感じられる。だが、野元は深い関係になりたいと欲しているのではないか。もしも昔付き合っていたのなら、よりを戻したいとも。

「ひょっとして、課長はまだこっちにいたかったんじゃないですか？」

つい厭味《いやみ》っぽく訊いてしまう。最後の二日間はともかくとして、ほとんど手伝ってもらえなかったことへのわだかまりもあったからだ。そうして彼は、妻以外の女性と会っていたのだから。

　すると、野元がつぶやくように言う。

「誰にだって居場所が——帰るべき場所があるんだよ」

　どういうことかと横目で窺うと、彼は真っ直ぐ前を向いていた。その表情は寂しそうであり、それでいて晴れ晴れとしているようにも見える。

　少なくとも、迷いは感じられない。

　そんな顔の野元を見るのは、初めてであった。余計なことを言ってしまった気がして、聡志は黙りこくった。

　練馬《ねりま》インターから高速に乗るため、目白《めじろ》通りを走る。途中、赤信号で停車したとき、

（え、あのひとは——）

　聡志はハッとした。

　目の前の横断歩道を、女性がベビーカーを押して渡っている。旦那さんらしき男に寄り添われて。

　それは間違いなく、大学時代に付き合った恋人であった。

　幸せいっぱいの表情を浮かべる彼女のお腹は、かなり大きい。ふたり目がもうすぐ生ま

れるのだろうか。

しばし茫然《ぼうぜん》として彼女を見送った聡志であったが、不意に温かなものが胸に満ちた。

(……よかったな、本当に)

負け惜しみでも何でもなく、素直にそう感じた。こんな心境になれたのは、きっとみんなのおかげなのだ。

聡志の脳裏には、東京に来て関係を持った女性たちの顔が浮かんでいた。萌恵に真沙美、亜希奈、そして梨花。都会も捨てたものじゃなかったなと、現金なことを考える。

信号が青に変わる。聡志は車をスタートさせた。

(帰るべき場所か……)

野元の言った言葉が、胸にすとんと落ちる。そして、これから自分はそこに帰るのだと思った。

目の前を移りゆく街並みに、故郷の光景が重なる。ほんの十日ほど離れていただけなのに、妙に懐かしい。

胸がはずむのを感じつつ、聡志はアクセルを踏み込んだ。

この作品はフィクションであり、登場する人物および団体名は、実在するものといっさい関係ありません。

脱がせてあげる

一〇〇字書評

切・り・取・り・線

購買動機（新聞、雑誌名を記入するか、あるいは○をつけてください）

□（　　　　　　　）の広告を見て	
□（　　　　　　　）の書評を見て	
□ 知人のすすめで	□ タイトルに惹かれて
□ カバーが良かったから	□ 内容が面白そうだから
□ 好きな作家だから	□ 好きな分野の本だから

・最近、最も感銘を受けた作品名をお書き下さい

・あなたのお好きな作家名をお書き下さい

・その他、ご要望がありましたらお書き下さい

住所	〒				
氏名		職業		年齢	
Eメール	※携帯には配信できません	新刊情報等のメール配信を 希望する・しない			

この本の感想を、編集部までお寄せいただけたらありがたく存じます。今後の企画の参考にさせていただきます。Eメールでも結構です。

いただいた「一〇〇字書評」は、新聞・雑誌等に紹介させていただくことがあります。その場合はお礼として特製図書カードを差し上げます。

前ページの原稿用紙に書評をお書きの上、切り取り、左記までお送り下さい。宛先の住所は不要です。

なお、ご記入いただいたお名前、ご住所等は、書評紹介の事前了解、謝礼のお届けのためだけに利用し、そのほかの目的のために利用することはありません。

〒一〇一－八七〇一
祥伝社文庫編集長　坂口芳和
電話　〇三（三二六五）二〇八〇

祥伝社ホームページの「ブックレビュー」からも、書き込めます。

http://www.shodensha.co.jp/bookreview/

祥伝社文庫

脱《ぬ》がせてあげる

平成26年 4月20日　初版第1刷発行

著　者　橘《たちばな》　真児《しんじ》
発行者　竹内和芳
発行所　祥伝社《しょうでんしゃ》
東京都千代田区神田神保町3-3
〒101-8701
電話　03（3265）2081（販売部）
電話　03（3265）2080（編集部）
電話　03（3265）3622（業務部）
http://www.shodensha.co.jp/

印刷所　堀内印刷
製本所　関川製本
カバーフォーマットデザイン　芥　陽子

 ISBN978-4-396-34028-5 C0193

祥伝社文庫の好評既刊

藍川　京　蜜泥棒

好色詐欺師・鞍馬郷介をつけ狙う謎の女。郷介の性技を尽くした反撃が始まった！　シリーズ第3弾。

藍川　京　ヴァージン

性への憧れと恐れをいだく十七歳の美少女、紀美花。つのる妄想と裏腹に勇気が出ない。しかしある日…。

藍川　京　蜜の誘惑

その肉体で数多《あまた》の男を手玉に取る理絵の前に彼女の野心を見抜き、けっして誘惑に乗らない男が現われた！

藍川　京　蜜化粧《みつげしょう》

父と子の男としての争い。彼らを巡る女たちの嫉妬と欲望。官能の名手が魅せる新境地！

藍川　京　蜜の惑《まど》い

欲望を満たすために騙《だま》しあう女と男。官能の名手が贈る淫らなエロス集！

藍川　京　蜜猫《みつねこ》

女の魅力を武器に、体と金を狙う詐欺師を罠に嵌めて大金を取り戻す、痛快かつエロス充満な官能ロマン。

祥伝社文庫の好評既刊

藍川 京

蜜追い人

伸子《のぶこ》は夫の浮気現場を監視する部屋を借りに不動産屋へ。そこで知り合う剣持遊《けんもちゆう》也《や》。彼女は「快楽の天国」を知る事に…。

藍川 京

蜜ほのか

迫る女、悦楽の女、届かぬ女……。男盛りの一磨が求める「理想の女」とは？　傑作『蜜化粧』の主人公・一磨が溺れる愛欲の日々！

藍川 京

柔肌まつり

再就職先は、健康食品会社。怪しげな名の商品の訪問販売で、全国各地を飛び回り、美女の「悩み」を一発解決！

藍川 京

うらはら

女ごころ、艶上——奥手の男は焦れったく、強引な男は焦らしたい。女の揺れ動く心情を精緻に描く傑作官能！

藍川 京

誘惑屋

同棲中の娘を連れ戻せ。高級便利屋・武居勇矢が考えた一発逆転の奪還作戦とは？

藍川 京

蜜まつり

傍若無人な社長と張り合う若き便利屋は、依頼を解決できるのか？　不況なんて吹き飛ばす、痛快な官能小説。